Mortimer M. Müller

Schutzzoll

Ein Covid-19-Thriller

AF219648

ZU DIESEM BUCH

Als auf einem Fischmarkt im Herzen der bevölkerungsreichsten Nation der Erde erste Fälle einer mysteriösen Lungenkrankheit auftreten, ahnt noch niemand, dass der Menschheit die größte Herausforderung seit dem Zweiten Weltkrieg bevorsteht. SARS-CoV-2, ein bislang unbekanntes Virus, setzt zu einem verheerenden Siegeszug an und führt die Staatengemeinschaft an den Rand des wirtschaftlichen und gesellschaftlichen Zusammenbruchs.

Inmitten des zuspitzenden Chaos' gedeihen Furcht und Rücksichtslosigkeit, während andere ihre persönlichen Bedürfnisse beiseiteschieben und nur ein einziges Ziel kennen: Schutz der Liebsten um jeden Preis. Doch eine Krise führt zwangsläufig zu Veränderungen, zwingt Menschen dazu, neue Wege zu beschreiten – und lässt tödliche Gefahren entstehen, wo man sie niemals vermuten würde …

SCHUTZZOLL ist ein fiktiver Thriller in Anlehnung an das Geschehen rund um die Coronavirus-Pandemie 2019-2020.

Mortimer M. Müller schreibt seit seiner Jugend Kurzgeschichten und Romane in den Genres Thriller, Fantastik, Sci-Fi und Satire. Daneben ist er in den kreativen Bereichen Gesang, Film und Fotografie aktiv. Sein Lebenselixier braut er aus täglichem Sport, der Natur, seinen Träumen und Sonnenlicht. Hauptberuflich arbeitet er als Waldbrandforscher an der Universität für Bodenkultur in Wien.

Der Künstler ist Preisträger des Hamburger Schloss-Schreiber-Stipendiums. Sein Kitzbühel-Thriller KABINE 14 wurde für den Friedrich-Glauser-Preis 2014 nominiert.

Mehr Informationen finden Sie unter:
https://blog.mortimer-mueller.at

Weitere Romane des Autors sind in Vorbereitung.

MORTIMER M. MÜLLER

SCHUTZZ🦠LL

Ein COVID-19-Thriller

Der vorliegende Roman ist ein fiktives Werk in Anlehnung an die wahren Ereignisse rund um die Coronavirus-Pandemie 2019-2020. Die beschriebenen Personen, Gedanken und Dialoge sind frei erfunden. Ähnlichkeiten mit lebenden oder verstorbenen Personen sind zufällig und nicht beabsichtigt.

Bibliografische Information der Deutschen Nationalbibliothek:

Die Deutsche Nationalbibliothek verzeichnet diese Publikation in der Deutschen Nationalbibliografie; detaillierte bibliografische Daten sind im Internet über http://dnb.dnb.de abrufbar.

1. Auflage
© 2021 Mortimer M. Müller
Covergestaltung, Satz, Layout: Mortimer M. Müller
weitere Mitwirkende: Sandra Almstädter, Wendelin Müller
Autorenfoto: Carsten Neff

Herstellung und Verlag:
BoD - Books on Demand, Norderstedt
ISBN: 9783754334591

blog.mortimer-mueller.at

Viren (Singular: *das* Virus, außerhalb der Fachsprache auch *der* Virus, von lateinisch *virus* ‚natürliche zähe Feuchtigkeit, Schleim, Saft, [speziell:] Gift') sind infektiöse organische Strukturen, die sich als Virionen außerhalb von Zellen durch Übertragung verbreiten, aber als Viren nur innerhalb einer geeigneten Wirtszelle vermehren können. […] Daher sind sich Virologen weitgehend darüber einig, Viren nicht zu den Lebewesen zu rechnen. Man kann sie aber zumindest als »dem Leben nahestehend« betrachten, denn sie besitzen allgemein die Fähigkeit zur Replikation und Evolution.

Seite »Viren«. In: Wikipedia, Die freie Enzyklopädie.
https://de.wikipedia.org/wiki/Viren
(Abgerufen am 13. März 2021)

HAUPTPERSONEN

Tao	*Händler am Fischmarkt in Wuhan*
Amaya	*Taos Ehefrau*
Shi	*Taos langjähriger Freund*
Phuong	*Reisanbauexperte aus Wuhan*
Mai-Lin	*Medizinerin am Wuhan Institut für Virologie*
Yanzhou	*Mai-Lins Freundin und Arbeitskollegin*

Paul	*Produzent von Sporternährung aus Frankfurt*
Julian	*Pauls Geschäftspartner und bester Freund*
Patricia	*Gesundheits- und Krankenpflegerin in Wien*
Sofia	*Italienische Medizinstudentin, Patricias Freundin*

Leonie	*Erzieherin und Mutter aus München*
Valerian	*Leonies achtzehn Monate alter Sohn*
Samira	*Apothekerin in München, Leonies Schwester*
Magda	*Leonies beste Freundin, Physiotherapeutin*
Stefan	*Magdas Jugendfreund in Tirol*

Reinhard	*Beamter und Jäger aus Innsbruck*
Wendelin	*Reinhards Vorgesetzter*
Hildegard	*Wendelins Sekretärin*

1. China, Wuhan, Großhandelsmarkt für Fische und Meeresfrüchte

Donnerstag, 26. September 2019, 12:00 Uhr

Fledermäuse schmecken wie Babyfleisch.

Zheng Tao grinste innerlich, als er sich des amerikanischen Ehepaars besann, das letztes Jahr den Fischmarkt besucht hatte. Als die beiden vor seinem Laden stehen geblieben waren, hatte er sogleich geahnt, was von ihm erwartet wurde: Der etwa 60-jährige, glatzköpfige Fettwanst und seine aufgeputzte Frau in ihren viel zu hohen Stöckelschuhen waren auf der Suche nach etwas, das ihre Meinung zu den *barbarischen Chinesen* bestätigte. Also hatte ihnen Tao die ausgefallensten Köstlichkeiten an seinem Stand – Nattern, Bambusratten sowie ein Schuppentier – angepriesen und darauf geachtet, dass ihnen auch die intensiven Gerüche nicht entgingen. Auf die nicht ganz ernst gemeinte Frage des Glatzkopfs nach dem Geschmack von Fledermäusen hatte Tao erwidert: *Zart und aromatisch wie Babyfleisch.* Den entsetzten Blick des Mannes und das aschfahle Gesicht seiner Frau würde er nie vergessen.

Jetzt waren es keine gesetzten Amerikaner, die vor seinem Stand angehalten hatten und mit großen Augen den Käfig mit den Fledermäusen betrachteten. Es handelte sich um zwei junge, hellhaarige Frauen, die er nicht zuletzt aufgrund ihrer prall gefüllten Rucksäcke und den aufgenähten Flaggen als europäische Touristinnen identifizierte.

»Möchten Sie etwas?«, fragte Tao auf Englisch und warf den beiden Frauen schmale Blicke zu. »Gute Fledermäuse, gut.«

Er öffnete die Tür an der Seite des Käfigs, griff hinein, packte einen der flatternden Flugsäuger und zog ihn ins

Freie. Bei den Tieren handelte es sich um Hufeisennasen, kleine, insektenfressende Fledermäuse, die aufgrund ihrer auffälligen Nasenform nicht unbedingt dem ästhetischen Ideal von Europäern entsprachen. Darüber hinaus wurden sie, wie er in einem alten Hollywoodfilm gesehen hatte, als Ungeheuer dargestellt, die sich in blutsaugende Vampire verwandeln konnten. Deshalb verwunderte es ihn auch nicht, als die beiden jungen Frauen eilig abwinkten, ein paar Schritte zurückwichen und in der Menge verschwanden – nicht ohne Tao einen letzten, vorwurfsvollen Blick zuzuwerfen.

Dem Händler machte dies nichts aus. Er war es gewohnt, dass die Menschen aus dem Westen weder Toleranz noch Verständnis für die Lebensweise, Sitten und Gebräuche seines Landes aufbrachten. Sollten sie ihn ruhig für barbarisch halten – Fledermäuse waren teuer und schwierig zu bekommen, doch sie mundeten hervorragend, besonders wenn man wusste, wie sie zuzubereiten waren.

Schmecken wie Babyfleisch. Jetzt stahl sich doch ein winziges Lächeln auf Taos Lippen.

Die gefangenen Fledermäuse würden bis zum Abend den Besitzer wechseln. Der Koch eines Lokals am anderen Ende der Stadt hatte dreißig Tiere bestellt. Möglicherweise befüllte er sie mit einer Mischung aus Reis und Erbsen, briet sie in heißem Fett und servierte sie auf einem Kräuterbett aus Bergsalat, Basilikum und Schnittlauch.

Tao merkte, wie ihm das Wasser im Mund zusammenlief. *Zeit für Mittagessen.* Er warf die Fledermaus zurück in den Käfig und schloss die Tür sorgfältig – nicht, dass sich sein wertvoller Besitz im letzten Moment aus dem Staub machte.

2. Deutschland, Berlin, Friedrichshain-Kreuzberg
Sonntag, 29. September 2019, 10:00 Uhr

Paul Dietmar Rönfeld war der glücklichste Mann der Welt. Hätte ihn jemand in diesem Moment nach seinem Herzenswunsch gefragt, er hätte lächelnd abgewunken. Paul war zufrieden, so zufrieden wie man als Erwachsener nur zu sein vermochte. Jeder Passant konnte das sehen, schon wenn er Paul einen flüchtigen Blick zuwarf. Seine blauen Augen strahlten, die blonden Locken über seiner Stirn schienen im Wind zu tanzen und Pauls Grinsen strahlte mit einer Überzeugungskraft, sodass selbst einem Edgar Allan Poe ein Lächeln über die Lippen gehuscht wäre.

»Du hast wieder diesen Blick.«

Paul wandte den Kopf. An seiner Seite schritt der Grund für seine ausgelassene Stimmung, die einzige und wahrhaftige Ursache seiner Glücksgefühle und die elementare Urgewalt, die sein Leben komplett aus den Fugen gehoben und ihm gleichzeitig einen Sinn geschenkt hatte: Patricia Escarda. Eine Frau, die alles besaß, von dem er je geträumt hatte; alles und noch mehr.

»Ich weiß nicht, was du meinst«, erwiderte Paul.

Patricia lächelte. »Dann helfe ich dir auf die Sprünge: Dein laszives Grinsen.«

»Ich bin eben glücklich.«

»Was habe ich davon, wenn man dich wegen Erregung öffentlichen Ärgernisses einsperrt?«

»Hey, es ist nur ein Lächeln.«

Patricia kicherte und knuffte Paul in die Seite. »Ich ziehe dich bloß auf.«

Paul legte den Arm um seine Freundin und zog sie an sich. Er blickte in ihre großen, mandelförmigen Augen und überlegte, ob er sie küssen oder besser eine freche Bemerkung als Antwort auf ihre Spitze loswerden sollte; und entschied sich für Ersteres.

Als sie sich voneinander lösten, tippte Patricia Paul mit dem Zeigefinger auf die Nase. »Du weißt schon, dass ich dich nur ins Technikmuseum begleite, weil ich anschließend zum Essen eingeladen werden will.«

»Klar, das ist selbstverständlich. Solange wir nachher in meine Wohnung …«

»Vergiss es. Weißt du nicht mehr, was letztes Mal passiert ist?«

Paul grinste breit. »Du hast deinen Flug zurück nach Wien verpasst.«

»Genau.« Patricia setzte eine ernste Miene auf. »Für dich mag es ja ganz lustig klingen, mal einen Arbeitstag ausfallen zu lassen. Aber in meinem Beruf geht das nicht. Ich habe Patienten, um die ich mich kümmern muss, und Kolleginnen, die sich auf mich verlassen.«

»Ich weiß, Prinzessin, du …«

»Lass das. Ich bin keine Prinzessin.«

»Doch, wie aus dem Märchen.«

»Paul …«

»Scheherazade, die exotische Schönheit, die mit ihrer lieblichen Stimme selbst einen König zu verzaubern vermag.«

Patricia verdrehte die Augen. »Was du immer redest. Wenn ich es nicht besser wüsste, würde ich sagen, du bist verrückt.«

»Aus deinem Mund klingt das wie ein Kompliment.«

»Gut, dann drücke ich es anders aus: Du bist ein hoffnungsloser Romantiker.«

»Als ob dich das stören würde. Wenn ich dich daran erinnern darf …«

Patricia beugte sich vor und verschloss Pauls Mund mit einem Kuss. »Ich möchte nichts mehr von dir hören außer Ja und Amen. Wir gehen jetzt in dieses Museum, anschließend essen und dann, wenn du ganz brav bist, werde ich dich vielleicht kurz in deine Wohnung begleiten.«

Bingo, dachte Paul und verkniff sich ein Grinsen.

3. China, Wuhan, Großhandelsmarkt für Fische und Meeresfrüchte
Donnerstag, 03. Oktober 2019, 18:00 Uhr

»Fort, du Mistvieh!« Tao trat nach der Katze, die sich anschickte, das Tuch vom Käfig mit den Fledermäusen zu ziehen. Das Tier wich überrascht zurück – doch anstatt das Weite zu suchen, wie es jede gewöhnliche Katze getan hätte, ging das räudige Biest zum Angriff über. Ehe sich Tao versah, spürte er ein Brennen an seiner linken Wade. Das Luder hielt seinen Unterschenkel umklammert, als wäre er eine Rettungsboje auf hoher See; selbstverständlich mit ausgefahrenen Krallen. Noch dazu hatte das Tier seine nadelspitzen Zähne durch die Hose in seine Haut gebohrt.

Tao fluchte und schüttelte sein Bein – aber die Katze hatte bereits losgelassen, flitzte um die Ecke und verschwand zwischen den Marktständen.

Verwirrt blickte der Händler dem flüchtenden Tier hinterher. Was war nur in diese Katze gefahren? Ein solch aggressives Verhalten hatte er noch nie erlebt. Tao krempelte sein Hosenbein hoch und inspizierte die Wunden. Immerhin, sie waren nur oberflächlich. Er wandte sich dem Käfig zu, hob das Tuch über den Gitterstäben an und lugte hinein. Die zwei Dutzend Fledermäuse flatterten aufgeregt umher, wirkten aber unverletzt.

Tao kratzte sich am Hinterkopf und berührte mit der Zunge die Lücke in seinem Oberkiefer, die vor einigen Jahren noch von einem Schneidezahn ausgefüllt worden war. Ob das Tier Tollwut hatte? Soweit er wusste, wurden die meisten Infektionen beim Menschen durch Hundebisse ausgelöst. Außerdem gab es durch die Anstrengungen der Behörden nur ganz wenige Fälle. Nein, vermutlich hatte die Katze einfach einen schlechten Tag.

Taos Augenbrauen wanderten zusammen, als ihm ein anderer Gedanke kam. Vor genau einer Woche war es einer – wie er bislang geglaubt hatte – Ratte trotz der Gitterstäbe gelungen, eine Fledermaus ins Freie zu ziehen und eine zweite schwer zu verletzen. Jetzt war er davon überzeugt, dass ihm seine heutige Begegnung den wahren Täter gezeigt hatte. Tao konnte sich noch gut an den Schreck erinnern, als er sein Mittagessen hinten im Laden beendet hatte und bei seinem Kontrollgang um den Stand auf die Überreste der Hufeisennase gestoßen war. Ein weiteres Exemplar hatte Teile ihrer Flügel eingebüßt und war sterbend am Boden des Käfigs gelegen. Der Koch, der kurz darauf vorbeigekommen war, um die Fledermäuse abzuholen, hatte sich nicht erfreut gezeigt, dass er mit zwei Tieren weniger auskommen musste.

Zum Schutz der neuen Lieferung vor drei Tagen hatte Tao den Käfig mit einem Tuch umwickelt – was die Katze aber nicht davon abgehalten hatte, einen weiteren Raubzug zu wagen.

»Zheng Tao«, erklang eine Stimme hinter ihm. »Ich dachte, du verkaufst keine Katzen.«

Tao wandte sich seinem breit grinsenden Freund Chen Shi zu. »Ni hao, mein Lieber. Du hast recht. Dieses Miststück hatte es bloß auf meine Fledermäuse abgesehen.«

Die beiden Männer verbeugten sich voreinander. Tao kannte seinen Freund seit der Schulzeit. Trotz ihrer völlig unterschiedlichen beruflichen Laufbahnen hatten sie engen Kontakt gehalten. Shis Markenzeichen in seiner Rolle als Abteilungsleiter in einer Schiffswerft war sein tadellos gepflegter, eingeölter Schnurrbart, den er zur Schau stellte wie einen Orden.

»Solange diese Katze nicht meine Bestellung angeknabbert hat«, hob Shi an.

»Keine Sorge. Deine Lieferung steht nicht öffentlich herum. Einen Moment.«

Tao trat hinter den Ladentisch und kam mit einem kleinen Käfig zurück, in dem eine geschuppte Kreatur in der Größe eines Kaninchens zusammengerollt am Boden lag.

»Ein malaiisches Schuppentier.« Tao hielt seinem Freund den Käfig hin. »Wie versprochen.«

»Beeindruckend, wie du das immer machst. Ich kenne außer dir niemanden, der noch welche liefert.«

»Ich habe meine Quellen«, erwiderte Tao lapidar.

Shi beäugte das Tier kritisch. »Lebt es überhaupt noch?«

Wortlos öffnete Tao die Käfigtür und stupste das Pangolin mit dem Finger an. Sofort entrollte sich das Tier und schnupperte aufmerksam in alle Richtungen.

»Ausgezeichnet.« Shi lächelte. »Am Sonntag kommt der Vorstandsvorsitzende mit seiner Gattin zu Besuch und meine Frau möchte ihnen etwas ganz Besonderes auftischen. Außerdem benötigt sie die Schuppen für ihre TCM-Mischungen. Du weißt gar nicht, wie dankbar ich dir bin.«

Shi zog ein Bündel Banknoten aus seiner Umhängetasche und hielt sie Tao unauffällig hin, der das Geld ebenso unauffällig in seiner Hosentasche verschwinden ließ.

»Der Dank ist ganz auf meiner Seite«, erwiderte Tao.

Shi nahm den Käfig mit dem Schuppentier entgegen. »Alles Gute und liebe Grüße an deine Frau. Wir sehen uns.« Er nickte seinem Freund zu und verschwand in der Menge.

Tao überlegte, wie lange er noch in der Markthalle bleiben sollte – ähnlich lukrativ wie gerade eben wurde das Geschäft bestimmt nicht mehr. Gedankenverloren rieb er sich das Bein. Erst da fiel ihm auf, dass die Kratzwunden und Bisse der Katze juckten wie Insektenstiche.

Nein, entschied er. *Für heute ist es genug.* Er würde seinen Stand abräumen, den Laden zusperren und mit dem Rad nach Hause fahren. Seine Frau wartete bestimmt schon auf ihn. Ein würziger Jasmintee war jetzt genau das, was er brauchte.

4. Deutschland, München, Maxvorstadt
Mittwoch, 16. Oktober 2019, 21:00 Uhr

»Ach, verdammt!« Leonie Winter schlug die Hände zusammen, als ihr Sohn Valerian im Laufen das Gleichgewicht verlor und auf den Teppich plumpste. Obwohl der Sturz nicht schmerzhaft gewesen sein konnte, ließ das Resultat nicht lange auf sich warten: Ein ohrenbetäubendes Gebrüll fegte durch die Wohnung.

Leonie hob ihren Sohn vom Boden auf und drückte ihn an sich. »Ist ja schon gut, schschschsch…«

Doch das Geschrei wollte nicht verstummen. Seufzend ließ sich Leonie am Sofa nieder, entblößte ihre rechte Brust und bot sie ihrem Sohn an. Schlagartig wurde es still. Nur leise Saug- und Schluckgeräusche waren zu vernehmen.

Leonie seufzte erneut. Sie hatte sich fest vorgenommen, Valerian mit spätestens zwölf Monaten abzustillen – nun war er fast eineinhalb Jahre alt und wollte noch immer an die Brust. Dies geschah zwar meistens nur ein- oder zweimal am Tag, aber schon das empfand Leonie als Belastung. Zudem hatte sie kaum noch Milch und konnte sich nicht vorstellen, dass Valerian mehr als ein paar Tropfen herausbekam. Er tat dies nur zur Beruhigung, besonders nach Unfällen wie vorhin, die durch sein zunehmendes Laufbedürfnis nicht weniger wurden.

Ihr Mobiltelefon läutete. Leonie griff mit der freien Hand danach – und hielt inne. *Kevin Arschloch* verkündete das Display. Augenblicklich fegte eine Flamme aus Wut durch ihren Geist. Mit einem energischen Druck auf den Bildschirm nahm sie das Gespräch an.

»Was gibt's?«, blaffte sie.

Einen Moment herrschte Stille.

»Wie geht's dir?« Kevins Stimme klang belegt. Der Scheißkerl hatte schon wieder getrunken.

»Was willst du?«

»Leonie, ich hab' mir 'dacht, wir könnt'n …«

»Es gibt kein *Wir* mehr! Hast du das noch immer nicht kapiert, du Arschloch?!«

»Bitte, ich will doch nur …«

»Du hast Betretungsverbot.« Leonies Stimme war eisig. »Und keinen Anspruch auf Sorgerecht. Ich schwöre dir, wenn du dich Valerian oder mir auf weniger als zehn Schritte näherst, rufe ich die Polizei.«

»Leonie …«

»Lass-mich-in-Ruhe!«

Leonie beendete den Anruf und warf ihr Handy mit solcher Wucht auf das Sofa, dass es zurückgeschleudert wurde und mit einem lauten Knall am Boden landete – wodurch Valerian aufschreckte und sogleich wieder zu weinen begann.

Leonie zitterte und ballte ihre Hand zur Faust. Sie drückte ihrem Sohn einen Schnuller in den Mund, legte ihn im Gitterbett ab und hockte sich daneben. Leonie spürte, wie ihre Augen feucht wurden, doch sie blinzelte die Tränen beiseite. Sie wollte nicht heulen. Nicht schon wieder.

Leonie erhob sich, eilte ins Badezimmer und nahm ein Beruhigungsmittel aus der Medikamentenlade. Mit zusammengepressten Lippen dachte sie an ihre große Schwester. Sie wusste nicht, was sie ohne Samira täte, die in einer Apotheke arbeitete und sie mit dem Notwendigsten versorgte. Ihr Albtraum war es, das Sorgerecht für Valerian zu verlieren. Aber das durfte nicht geschehen. Auf gar keinen Fall.

5. China, Wuhan, Großhandelsmarkt für Fische und Meeresfrüchte
Freitag, 18. Oktober 2019, 10:00 Uhr

Tao fühlte sich nicht wohl. Seine Glieder schmerzten, sein Kopf brummte und ein trockener Husten kratzte in seiner Kehle. Dazu war ihm überaus warm, um nicht zu sagen heiß – und das, obgleich er bereits sein Hemd ausgezogen und die Hose aufgekrempelt hatte.

Tao wischte sich den Schweiß von der Stirn. Er konnte sich nicht erinnern, wann er das letzte Mal richtiges Fieber bekommen hatte. Das musste zwanzig Jahre her sein, als er noch ein junger Mann gewesen war und seine Kinder alle möglichen Krankheiten nach Hause geschleppt hatten. Seine Frau behauptete, er besaß die Verfassung eines Esels – wobei sich Tao nie sicher war, ob sie mit diesen Worten nur seinen robusten Allgemeinzustand meinte oder auch andere Eigenschaften des Esels in ihm sah.

Tao schüttelte missmutig den Kopf und starrte auf seine Beine. Womöglich hatte ihm diese vermaledeite Katze vor zwei Wochen doch ein paar Andenken hinterlassen, die über die Kratzer und Bissspuren an seinem Bein hinausgingen. Zwar handelte es sich wohl nicht um Tollwut, aber es gab genug andere Krankheiten, mit denen nicht zu spaßen war.

»Zheng Tao, mein Lieber!«

Chen Shi war an den Stand herangetreten und strahlte Tao an. Doch sein Lächeln verblasste, als er seinen Freund genauer in Augenschein nahm. »Wie geht es dir? Du siehst nicht gut aus.«

»Ich fühle mich auch nicht besonders. Vielleicht habe ich Fieber. Könnte eine Grippe sein.«

»Ist deine Frau nicht hier?«

»Nein. Amaya besucht ihre Eltern.«

»Wäre ich an deiner Stelle, würde ich nach Hause gehen.« Shi strich sich über den eingeölten Schnurrbart. »Erinnerst du dich an Wu Liang? Er hatte ebenfalls Fieber und wollte sich nicht zurücknehmen. Er starb an einer Lungenentzündung.«

»Wu Liang war fast achtzig.«

»Mit Verlaub, Zheng Tao, du wirst demnächst fünfzig, genauso wie ich. Wie Konfuzius schon sagte: ›Wer nicht an die Zukunft denkt, wird bald Sorgen haben.‹ Ich kann meine Frau bitten, dass sie sich bei dir meldet und dir eine Kräutermischung zusammenstellt. Du weißt, sie ist TCM-Ärztin.«

»Vielen Dank, dieses Angebot nehme ich gern an. Und du hast recht. Ich werde heimfahren, mich auskurieren und danach lade ich dich auf einen Reiswein ein.«

»Aber bitte einen guten.«

»Was hältst du von Gao Bos Laden?«

Shi grinste und neigte den Kopf. »Ich sehe, wir verstehen uns. Ich soll dir übrigens besten Dank von meiner Frau ausrichten. Unseren Gästen hat das Schuppentier hervorragend gemundet.«

»Das freut mich zu hören.«

»Weißt du, wann du wieder ein Pangolin bekommst?«

»Nein, das kann ich nicht sagen. Frühestens im Dezember.«

»Nun gut – wenn du eines zu verkaufen hast, gib mir Bescheid. Ich mache dir einen guten Preis.«

Tao nickte und die beiden Freunde schüttelten sich die Hände.

»Viele Grüße an deine Frau«, sagte Shi und zwinkerte Tao zu. »Stecke sie ja nicht mit deiner Grippe an – sie ist eine gute Seele.«

»Die beste Seele, mein Freund, die beste.«

6. Deutschland, Frankfurt, Fechenheim
Dienstag, 29. Oktober 2019, 09:00 Uhr

»Das ist doch mal ein erfreulicher Bericht.« Julian trat in Pauls Büro und hielt eine Ausgabe der *Frankfurter Neue Presse* in der Hand. »Sie haben uns eine ganze Seite gewidmet.«

»Tatsächlich?« Paul blickte von seinem Schreibtisch auf. »Frau Hoffmann hat doch gemeint, es wird ein kurzer Artikel.«

»Offenbar hat ihr gefallen, was sie gesehen hat.«

»Du meinst, was wir erzählt haben.«

Julian lachte. »Nein. Hast du nicht bemerkt, dass sie dir schöne Augen gemacht hat?«

»Was? Ernsthaft?«

»Mann, Paul, es ist echt schrecklich mit dir. Vor wenigen Monaten warst du noch der Frauenheld schlechthin und jetzt registrierst du nicht einmal mehr, wenn sich vor dir eine Frau in Gedanken nackt auszieht. Ich hätte nie gedacht, dass Patricia solche Auswirkungen auf dich hat.«

»Du warst es doch, der immer gesagt hat, dass ich endlich eine feste Beziehung eingehen soll.«

»Das ist richtig. Aber dein plötzlicher Sinneswandel kam dann doch … überraschend.« Julian grinste.

»Ja, ja, schon gut.« Paul verzog die Lippen. »Also, was steht in dem Artikel?«

Julian hob die Zeitung und setzte eine gewichtige Miene auf. »Ich zitiere: ›Julian Müller und Paul Rönfeld haben ihren Traum Realität werden lassen. Was vor knapp zehn Jahren als Idee zweier Freunde begann, wurde zum deutschlandweit größten Firmenunternehmen mit Schwerpunkt auf biologischer Sporternährung. Die Produkte ihrer Firma *Sportbionier* haben sich nicht nur in der Athletenszene einen Namen gemacht und zu Absatzmagneten entwickelt, sondern finden auch in der breiten Bevölkerung Anklang – was unter anderem an den witzigen YouTube-Werbespots und der kreativen Produktgestaltung liegt. Wer kann schon Proteinriegeln widerstehen, die *Muskelprotz* oder *Beerenstark* heißen?‹ Zitat Ende. Klingt nicht übel, oder?«

Paul nickte. »Kostenlose Werbung in diesem Umfang bekommt man nicht oft.«

»Das war noch nicht alles, hör zu: ›Die Firmengründer sehen sich nicht nur als Botschafter der Nachhaltigkeit – sie leben ihre Firmenphilosophie auch selbst. Pauls blaue Augen leuchten, wenn er erklärt: Sport und Natur, das sind meine täglichen Energiebringer. Was liegt da näher, als beides zu verbinden und etwas zu schaffen, das ökologisch verträglich ist und dem Wohlbefinden aller dient?‹«

»Habe ich das wirklich gesagt?« Paul kratzte sich am Kopf. »Kann mich nicht erinnern.«

»Ich auch nicht.« Julian grinste. »Klingt nicht nach dir, falls du mich fragst. Wenn dieser altruistische Ansatz der Hauptgrund für unsere Firmengründung gewesen wäre …«

»Danke, ich weiß selbst, wie es am Markt zugeht. Warst du nicht unten in der Produktionshalle? Wie läuft die neue Riegelmaschine?«

»Einwandfrei. Natascha und Benjamin haben die ersten fünfhundert Muster hergestellt. Das Gerät verklebt nicht, die Verpackung ist sauber verschweißt und das Tempo ist der Hammer. Bis zum Ende der Woche können wir zehntausend Stück produzieren.«

»Perfekt. Wird Zeit, dass wir den Riegelmarkt ordentlich aufmischen.«

7. China, Wuhan, Jianghan
Mittwoch, 06. November 2019, 08:00 Uhr

»Danke, meine Liebe.« Tao öffnete die Hände und nahm die Schale mit dem dampfenden Jasmintee entgegen, die ihm seine Frau reichte. Er genoss die Wärme, die seine Finger zum Kribbeln brachte, führte den Tee zum Mund und nippte daran.

Wang Amaya warf ihrem Ehemann einen kritischen Blick zu. »Vor zwei Wochen, als das Fieber nicht gesunken ist, hatte ich noch Sorge, dass wir ins Krankenhaus müssen. Aber jetzt wirkst du jeden Tag gesünder.«

»Ich fühle mich auch besser. Diese Grippe war verdammt hartnäckig. Ich glaube, die Kräuter von Chen Shis Frau haben am Ende doch geholfen.«

Amaya kniff die Augen zusammen.

»Aber ohne deine aufopfernde Pflege hätte ich es nicht geschafft«, ergänzte Tao rasch.

»Das wollte ich hören.« Amaya fuhr sich mit dem Handrücken über die Stirn und wischte ein paar ihrer dunklen Locken beiseite. Dabei fiel Tao auf, dass ihre Hand zitterte.

»Geht es dir nicht gut?«, fragte er und musterte seine Frau aufmerksam.

»Es ist nichts.« Amaya wandte ihm den Rücken zu. »Ich bin nur etwas müde. Vielleicht gehe ich noch einmal ins Bett.«

»Raste dich aus, mein Herz. Ich bin fit genug, dass ich allein klarkomme. Es wird ohnehin Zeit, dass ich die Wohnung verlasse und wieder auf den Markt gehe. Wir haben noch die Nattern, Tauben und Kaninchen in der Kühltruhe.«

»Bist du dir sicher, dass du das schaffst? Ich möchte ja mit dir kommen, nur …«

»Nicht nötig. Ich komme klar, bestimmt.«

In diesem Moment betrat ihre Tochter Kim das Wohnzimmer. »Wie geht es dir, Vater?«

»Danke, besser. Bist du gar nicht in der Arbeit?«

»Ich fange heute erst zu Mittag an. Der Wasserschaden im Museum ist noch nicht behoben und bis dahin bleibt ein Teil der Anlage gesperrt.«

»Magst du mich auf den Markt begleiten, Kim? Deiner Mutter geht es nicht gut und etwas Hilfe kann ich gut gebrauchen.«

»Solange ich keine Tiere töten muss …«

»Das wird nicht nötig sein. Alles, was wir heute verkaufen, ist bereits tot.«

8. Deutschland, München, Maxvorstadt
Samstag, 09. November 2019, 13:00 Uhr

»Nein.« Samira schüttelte den Kopf und setzte ihren Cappuccino so heftig auf die Tischplatte, dass der Kaffee nach allen Seiten spritzte. »Ich kann das nicht mehr.«

Leonies Hände fingen an zu zittern und sie warf argwöhnische Blicke zur Seite, doch die übrigen Gäste nahmen keine Notiz von ihnen. »Bitte, tu mir das nicht an – du bist meine Schwester!«

»Genau deshalb muss es aufhören.« Samiras Augen funkelten, doch auf ihren Zügen lagen Trauer und Schuldgefühle. »Ich habe deine Abhängigkeit viel zu lange ignoriert, Leonie. Du darfst Pregabalin nicht mehr einnehmen. Das ist ein hochwirksames Psychopharmakon. Du musst es absetzen und in eine Therapie, verstehst du?«

»Nein, das kann ich nicht. Wenn die vom Familiengericht davon erfahren … Ich könnte das Sorgerecht für Valerian verlieren.«

»Wenn du noch länger abwartest, macht es die Sache nur schlimmer. Wie lange nimmst du das Medikament jetzt schon? Seit Valerian sechs Monate ist, also fast ein Jahr. Denkst du, mir ist nicht aufgefallen, dass du zitterst und beständig müde bist? Sieh dich doch an: Du hast dunkle Ringe unter den Augen und deine Wangen sind bleich und hohl.«

Leonie blickte zu dem Kinderwagen an ihrer Seite, in dem ihr Sohn friedlich schlummerte. »Das liegt an Valerian. Er ist in letzter Zeit sehr unruhig und …«

»Ach was. Mir kannst du nichts vormachen. Ich weiß, dass du die Dosis erhöht hast und von dem Zeug nicht runterkommst. Ich habe dir das Pregabalin unter der Bedingung ausgehändigt, dass du es nur im Notfall einnimmst – im Notfall!«

»Es ist das Einzige, das gegen die Angst und Verzweiflung hilft. Bitte, Samira, ich …«

Samira hob die Hand und Leonie verstummte.

»Wie oft haben wir dieses Gespräch schon geführt?« Samiras Stimme klang sanft. »Fünfmal? Zehnmal? Irgendwann ist auch meine Geduld am Ende. Du kannst mich nicht umstimmen, nicht dieses Mal. Denk an Valerian. Willst du, dass er von einer verunsicherten, kranken Mutter aufgezogen wird – oder sie gar verliert?«

»Nein.« Leonie senkte den Blick. »Das möchte ich nicht.«

»Eben. Du musst dich zusammenreißen. Hier geht es nicht nur um dich, sondern um deinen Sohn. Ich weiß, was er dir bedeutet, aber du musst dich um deine Erkrankung kümmern, sonst verlierst du ihn. Bitte, Leonie.«

»In Ordnung. Du hast recht. So kann es nicht weitergehen.«

Samira warf ihrer Schwester einen forschenden Blick zu. »Schön, dass du es endlich einsiehst. Ich werde dich bei deinem Weg unterstützen, versprochen. Ein erster Schritt kann sein, dass wir …«

Leonie hörte nicht mehr zu. In ihrem Geist formierten sich bereits neue Gedanken und Ideen. Sie hatte noch das Benzodiazepin. Das war schwächer, aber besser als nichts. Wenn sie sparsam war und das Pregabalin wirklich nur im Notfall einnahm, kam sie noch ein, zwei Monate damit aus. Das musste reichen, um die Medikamente ohne Unterstützung einer Therapie auszuschleichen – oder sich eine andere Quelle zu suchen.

9. China, Wuhan, Großhandelsmarkt für Fische und Meeresfrüchte
Donnerstag, 14. November 2019, 13:00 Uhr

»Zheng Tao, da bist du ja wieder!« Chen Shi trat an Taos Verkaufsstand heran und grinste breit. »Ich habe mir bereits Sorgen gemacht, auch wenn du am Telefon behauptet hast, dass es dir schon besser geht. Ich kann mich nicht erinnern, dass dein Laden jemals so lange geschlossen hatte.«

»Da liegst du wohl richtig. Die Grippe hat mich länger gefesselt, als ich dachte, und ich habe niemanden gefunden, der so lange für mich einspringt. Doch jetzt bin ich wieder gesund. Wie geht es dir und deiner Frau?«

»Ich kann nicht klagen. Aber meine Frau hat viel zu tun. Sie meint, das Qi-Gleichgewicht in der Stadt ist gestört und es gibt deshalb viele Krankheitsfälle. Ich verstehe nichts davon, aber du kennst ja Gao Ying und seinen Sohn Tanju. Vor einer Woche, als ich mit den beiden Reiswein trinken war, ging es ihnen noch blendend. Jetzt sind sie erkrankt und Tanju hat ähnliche Symptome wie du. Gao Ying geht es sogar noch schlechter. Meine Frau vermutet eine Lungenentzündung, dabei ist er für sein Alter ungemein rüstig und achtet auf seine Gesundheit.«

»Vielleicht handelt es sich um eine verfrühte Grippewelle. Meiner Frau geht es ebenfalls nicht gut.«

Shis geölter Schnurrbart erzitterte. »Ich habe mich bereits gewundert, wo sie steckt. Was ist passiert? Hat sie Fieber?«

»Nein, aber Atemnot, Gliederschmerzen und sie ist beständig müde. Das geht schon seit einer Woche so. Ihre Symptome sind anders als bei mir. Ich glaube nicht, dass ich sie angesteckt habe.«

»Das will ich hoffen. Wenn Amaya etwas zustoßen sollte, dann ...«

Shi ließ offen, was er in diesem Fall tun wollte. Aber auch so verspürte Tao einen Stich in der Brust. Er wusste, dass Shi und seine Frau vor rund fünfundzwanzig Jahren eine Liebschaft eingegangen waren. Erst durch seinen Freund hatte Tao seine spätere Ehefrau kennengelernt. Die Zuneigung zwischen Shi und Amaya war niemals zur Gänze erloschen, auch als sein Freund an das andere Ende der Stadt gezogen war und selbst geheiratet hatte.

Um auf andere Gedanken zu kommen, warf Tao ein: »Hast du Zeit für den Reiswein, den ich dir versprochen habe? Ich bin davon überzeugt, dass mir die Kräuter deiner Frau geholfen haben.«

»Leider nein, ich muss zurück in die Arbeit. Du weißt ja, was Konfuzius gesagt hat: ›Ist man nicht fleißig in der Jugend, wird man im Alter traurig sein.‹ Wir haben Vorstandssitzung – ein Großauftrag aus Peking.«

»Baut ihr wieder etwas für die Marine?«

»Tut mir leid.« Shi zwinkerte Tao zu. »Der Auftrag ist streng geheim. Deshalb darf ich dir auch nicht verraten, dass wir jetzt Tarn-U-Boote herstellen werden.«

10. Deutschland, Frankfurt, Fechenheim

Freitag, 22. November 2019, 11:00 Uhr

»Du willst das echt durchziehen?« Julian lehnte sich im Bürostuhl zurück und warf seinem Freund einen ernsten Blick zu. »Es gibt keine Möglichkeit, dich umzustimmen?«

Paul holte tief Luft. »Nein. Ich will mit Patricia zusammen sein.«

»Ihr seid doch schon ein Paar.«

»Ja, aber eine Fernbeziehung ist einfach … unbefriedigend. Ich möchte sie nicht nur alle zwei Wochen sehen.«

»Unbefriedigend also.« Julian grinste anzüglich.

»So war das nicht gemeint. Du verstehst, weshalb ich mich dazu entschlossen habe.«

»Warum kann Patricia nicht nach Frankfurt oder meinetwegen Berlin ziehen?«

»Ich habe dir doch erklärt, dass sie Österreich nicht verlassen will und ihre Eltern …«

Julian hob abwehrend die Hände. »Schon gut. Ich bin als glücklicher Familienvater der Letzte, der dich von deinem Vorhaben abbringen will. Aber es könnte einige Dinge in der Firma verkomplizieren.«

»Sieh es mal auf diese Weise: Wir wollten schon länger unser Netz in Österreich ausbauen und einen eigenen Standort etablieren. Die Österreicher sind noch bioaffiner als wir und haben viele Sportler.«

»Jetzt sagst du gleich, du willst Dominic Thiem für eine Kampagne gewinnen.«

»Warum nicht?« Paul ignorierte Julians verdrehte Augen und fügte hinzu: »Außerdem können wir die lokalen Lieferketten verbessern. Unser Molken- und Hanfprotein stammt bereits aus Österreich.«

»Genau, und muss dann für die Produktion nach Frankfurt gebracht werden. Na, ich weiß nicht.«

Julian hob die Hand, als Paul zu einer Erwiderung ansetzte. »Du musst mich nicht länger überzeugen. Ich habe deine Entscheidung akzeptiert. Egon wird in Berlin die Leitung übernehmen. Wir werden das mit der Firma schaffen, so oder so. Aber was ich dich fragen will – und ich frage dich als Freund: Du kennst Patricia nicht einmal ein Jahr. Ist sie die Frau, mit der du dein restliches Leben, oder zumindest einen großen Teil davon, verbringen möchtest?«

»Ja, das ist sie.«

Julians Augen wurden schmal. »Du, der einst ausschweifende Junggeselle, willst ihr einen Heiratsantrag machen?«

Paul zögerte. »Das habe ich nicht gesagt. Keine Ahnung, ob sie bereit für einen solchen Schritt wäre.«

»Aber du hast daran gedacht.« Julian grinste. »Nimm dir ein Beispiel an mir: Sechs Monate, nachdem ich meine Frau kennengelernt habe, sind wir vor den Traualtar getreten.«

»Genau. Weil sie schwanger war.«

»Blödmann. Das war nicht der einzige Grund.«

»Ich weiß.« Paul seufzte. »Du liebst Maria über alles. Genauso, wie ich Patricia liebe.«

Julian nickte. »Gut, dann ist alles gesagt. Aber eines muss dir klar sein: Wenn ihr beiden Turteltäubchen im Geheimen heiratet und meine Frau und ich sind nicht eingeladen, klatsche ich dir höchstpersönlich eine Torte ins Gesicht.«

11. Österreich, Tirol, Landeck
Sonntag, 24. November 2019, 07:00 Uhr

Nebelschwaden zogen durch das Tal, krochen die Berghänge empor und zerstoben wie Meereswogen in der Brandung. Zahlreiche Wolken bedeckten den Himmel, kaum ein Stern war zu sehen. Die einsetzende Dämmerung schälte Baumriesen und schneebedeckte Berggipfel aus der Dunkelheit. Ein mäßiger Wind frischte auf und setzte einige der alten Fichten und Tannen in Bewegung. Sie schwankten gleichmütig hin und her, verloren einen Teil ihrer Schneelast, der in feuchten Klumpen zu Boden fiel.

Reinhard Moser atmete ruhig und ausgeglichen. Obwohl er seit mehr als einer Stunde auf dem Hochstand ausharrte, war ihm nicht kalt. Der gestrige Tag war für Ende November ungewöhnlich warm ausgefallen und in der heutigen Nacht hatte es hier auf über tausendfünfhundert Meter Seehöhe keinen Frost gegeben. Falls die Temperatur so rasch anstieg wie gestern, würde er bald ins Schwitzen geraten.

Reinhard ließ seinen Blick über die Winterlandschaft schweifen. Sein Gefühl sagte ihm, dass er nicht mehr lange zu warten brauchte. Noch lag der Pillerwald einsam und verlassen da und bloß die Hochspannungsleitungen weiter unten störten das Bild einer reglosen Naturidylle.

Hundert Schritte entfernt zog sich eine Lichtung den Hang empor. Es handelte sich um eine ehemalige Schlagfläche, auf der zahlreiche Sträucher und junge Bäume wuchsen. Genau diese frischen Triebe von Tannen und Lärchen lockten das an, worauf er wartete: Rotwild.

Eine Bewegung am Waldrand ließ Reinhard die Augen zusammenkneifen. Ein Tier trat aus den Schatten der Bäume, verharrte und marschierte auf die Offenfläche hinaus.

Reinhard spürte, wie seine Finger feucht wurden. Es war ein Vierzehnender – vermutlich derselbe, der ihm vor zwei Wochen entwischt war.

Bedächtig zog sich Reinhard die Handschuhe aus, hob das Gewehr von seinen Knien und legte es umsichtig am Fensterrahmen ab. Er hatte Zeit. Sofern ihn der Hirsch nicht witterte, was Reinhard aufgrund seiner Position und der Windrichtung als unwahrscheinlich einstufte, war das Tier noch eine Weile mit Nahrungserwerb beschäftigt.

Reinhard brachte das Repetiergewehr in Position, beugte sich vor und blickte durch das Zielfernrohr. Der Hirsch stand geradezu optimal und die Entfernung betrug kaum zweihundert Meter. Er würde den perfekten Blattschuss anbringen können.

Reinhard verschob das Gewehr um einen weiteren Millimeter, schloss seine rechte Hand zur Faust und öffnete sie wieder. Er legte den Zeigefinger an den Abzug. Der Dampf seines eigenen Atems kondensierte auf der Linse des Zielfernrohrs.

In diesem Augenblick traten zwei weitere Tiere aus dem Schutz des Waldes auf die Lichtung. Es handelte sich um eine Hirschkuh und ein einjähriges Jungtier. Beide zeigten keine Scheu, sich dem alten Hirsch zu nähern, der seinerseits gelassen fortfuhr, die jungen Triebe der Bäume abzuknabbern.

Reinhard zögerte. Außerhalb der Brunftzeit, die seit einigen Wochen vorbei war, lebten männliche und weibliche Rothirsche in getrennten Rudeln. Es war nicht ungewöhnlich, dass alte Hirsche, wie dieser Vierzehnender, allein unterwegs waren, aber umso auffälliger, dass sie von einer Kuh und ihrem Jährling begleitet wurden. Genau genommen hatte er das noch nie gesehen.

Reinhard spürte, wie seine innere Erregung anstieg und die bisherige Wachsamkeit verdrängte. Diese neue Entwicklung gefiel ihm. Besonderen Geschmack fand er an der Mutterkuh.

Reinhard leckte sich über die Lippen und richtete sein Gewehr neu aus. Der Hirsch hatte nun doch den Kopf gehoben und wandte sich dem Weibchen zu. Mit langsamen Schritten stapfte er durch den Schnee auf sie zu. Die Hirschkuh erstarrte, ihre Ohren zuckten. Aus den Nüstern des Vierzehnenders quoll weißer Dampf.

Jetzt oder nie, dachte Reinhard und betätigte den Abzug.

Ein Schwarm Vögel erhob sich von den Tannenwipfeln, als der Knall eines Gewehrschusses durch den Pillerwald hallte.

12. China, Wuhan, Jianghan
Dienstag, 03. Dezember 2019, 06:30 Uhr

»Tao, ich fühle mich nicht gut.«

Der Händler löste seinen Blick von der Zeitung und sah zu seiner Frau auf. Amaya hatte dunkle Ringe unter den Augen, Schweiß stand auf ihrer Stirn und sie lehnte sich bestimmt nicht zufällig gegen den Türstock. Tao war schockiert. Beim Verlassen des Schlafzimmers war ihm nicht aufgefallen, wie schlecht es um seine Frau stand.

Rasch erhob er sich und trat auf Amaya zu. »Hast du Schmerzen?«

»Ich bekomme ... kaum Luft«, stieß seine Frau hervor. Ihre dunklen Locken hingen ihr wirr ins Gesicht. »Und mir ist so heiß.«

Tao berührte Amayas Stirn – und zuckte zurück. Ihre Haut schien zu glühen. Es gab keinen Zweifel, dass die Körpertemperatur seiner Frau angestiegen war.

»Du hast hohes Fieber. Das gefällt mir nicht. Erinnerst du dich, was ich dir über Gao Ying erzählt habe? Wenn du auch eine Lungenentzündung ...«

»Hab' ich nicht«, keuchte Amaya. »Muss nur ... etwas ausruhen.«

»Du warst gestern bereits um neun im Bett, das hat mich schon verwundert. Du müsstest ausgeschlafen sein. Ich habe seit Tagen den Eindruck, dass deine Erkältung nicht besser wird. Wir sollten ...«

Amaya stöhnte auf, verlor den Halt und wäre um ein Haar gestürzt, wenn sie Tao nicht im letzten Moment an der Hüfte gepackt und zurückgehalten hätte. Als er ihr ins Gesicht blickte, registrierte er die bläuliche Verfärbung ihrer Lippen.

»Wir fahren ins Krankenhaus. Jetzt sofort.«

»Aber Tao ... Das kann teuer werden. So viel Geld haben wir nicht.«

»Ist mir egal. Das Geld treibe ich schon auf und wenn ich Chen Shi darum bitten muss. Ich werde auf keinen Fall dein Leben aufs Spiel setzen.«

13. Deutschland, München, Maxvorstadt
Freitag, 06. Dezember 2019, 14:00 Uhr

Leonie hockte vor dem Sofatisch und starrte auf die letzte Kapsel Pregabalin. Selbstverständlich war es ihr nicht gelungen, die Einnahme zu reduzieren, im Gegenteil. Valerians

Schreiausbrüche hatten weiter zugenommen und damit auch ihre Angstzustände.

Leonie griff nach ihrem Mobiltelefon, starrte auf das Display, aber wagte es nicht, die Nummer ihrer Schwester zu wählen. Sie ahnte, was Samira sagen würde. Bei Gott, sie wusste selbst, dass eine Therapie in ihrem momentanen Zustand der einzige Weg sein mochte. Aber das Risiko war zu hoch. Das Familiengericht würde davon erfahren und ihr Valerian wegnehmen. Sie konnte es nicht tun. Unmöglich.

Valerian murmelte etwas im Schlaf. Der Kleine lag neben ihr auf der Couch am Rücken und hatte alle viere von sich gestreckt. Sein Gesicht wirkte entspannt. Offenbar waren es angenehme Träume, die seinen kindlichen Geist umfangen hielten. Ganz anders als bei ihr.

Leonie spürte Tränen in den Augen und ballte die Hände zu Fäusten. Sie durfte nicht kapitulieren, nicht schon wieder. Sie musste sich zusammenreißen, verdammt!

Mit einer raschen Handbewegung fegte sie die letzte Kapsel vom Tisch und sah zu, wie diese zu Boden sprang und unter das Bücherregal rollte.

Viel zu schwer zum Beiseiteschieben, dachte sie. *Gut so.*

Leonie erhob sich und begann im Zimmer auf- und abzugehen. Sie konnte ein Benzodiazepin nehmen oder es mit dem CBD-Öl versuchen, das ihr Samira gegeben hatte. Eine andere Möglichkeit war, dass sie Kontakt zu Lorenz aufnahm. Der hatte gewisse Beziehungen und war vielleicht in der Lage …

Schluss!, schalt Leonie sich selbst. *Ich werde das nicht tun. Ich muss von dem Zeug wegkommen. Es ist der einzige Weg.*

Leonie atmete tief durch und bemühte sich, ihre zitternden Hände zu beruhigen. Sie brauchte Unterstützung, jemanden an ihrer Seite, der sie beruhigen, aufheitern und auf andere Gedanken bringen konnte. Und es gab nur eine Person, die hier infrage kam.

Leonie nahm ihr Mobiltelefon zur Hand, trat ins Schlafzimmer und wählte eine Nummer.

»Magda.« Leonie konnte nicht verhindern, dass ihr ein Schluchzen entwich. »Ich brauche dich.«

»Oh nein, ist es so schlimm?«

»Ziemlich.«

»Bleib ruhig, hörst du? Ich habe noch zwei Patienten, dann komme ich vorbei. Versprich mir, dass du bis dahin keinen Blödsinn anstellst.«

Leonie atmete erleichtert auf. »Vielen Dank. Du weißt gar nicht, wie …«

»Versprich es mir!«

»Schon gut. Ich verspreche, mich zusammenzureißen und nichts Unüberlegtes zu tun.«

»Braves Mädchen. Dann bis nachher. Und gib Valerian einen Kuss von mir.«

»Magda!« Leonie warf sich ihrer Freundin an den Hals. »Toll, dass du schon da bist.«

»Ich bin so schnell gekommen, wie ich konnte.« Magda lächelte, trat zur Tür herein und nahm ihren Rucksack von den Schultern. »Wie geht es dem Kleinen?«

»Er schläft. Das gestrige Fieber ist wieder abgeklungen.«

»Ist er noch immer so unruhig?«

»Ja. Ich schätze, er macht gerade eine Wachstumsphase durch. Vielleicht sind es auch die Zähne.«

»Und wie geht es dir?«

»Nicht besonders.«

Magda zog sich die Schuhe aus und trat ins Wohnzimmer. »Ich werde mich jetzt hier aufs Sofa setzen und erst wieder aufstehen, wenn du mir alles erzählt hast.«

»Das könnte eine Weile dauern.«

»Kein Problem. Ich habe es nicht eilig.«

Als Leonie eine halbe Stunde später zu einem Ende kam, merkte sie, dass sie heiser war. Aber es fühlte sich gut an, all das, was ihr auf der Seele lag, losgeworden zu sein. Leonie horchte in sich hinein und stellte fest, dass sie sich eindeutig besser fühlte. Es war erstaunlich, wie hilfreich ein simples Gespräch sein konnte.

Magda verschränkte die Finger und blickte Leonie fest in die Augen. »Als deine beste Freundin werde ich mir kein Blatt vor den Mund nehmen. Was du mir erzählt hast, ist nichts Neues. Die Sache mit Kevin, deinem Sohn, das Verhältnis zu deiner Schwester, die Schwierigkeiten, die du als Erzieherin im Kindergarten hast – und dein Medikamentenproblem. Ich glaube, das Wichtigste ist, dass du selbstbewusster wirst. Im Moment bist du ein schreckhaftes, weinerliches Häschen mit einem angeknacksten Selbstvertrauen und einer katastrophalen Selbstachtung.«

Leonie schluckte. Auch wenn sie es nicht wahrhaben wollte: Selbstverständlich hatte Magda recht. So wie immer.

»Was schlägst du vor?«, fragte sie kleinlaut.

»Eine Therapie wäre sicher nicht schlecht. Aber ich glaube, es ist wichtiger, dass du die richtigen Menschen um dich hast, die dich unterstützen und aufbauen. Was ist, wenn du zu deinen Eltern ziehst?«

»Du weißt doch, dass sie mich nicht ...«

»Die nehmen es dir noch immer übel, dass du dich von Kevin getrennt hast?« Magda schnaubte empört. »Der

Scheißkerl hat sie wirklich um den Finger gewickelt, unglaublich.«

»Na ja … Bei ihnen war er immer freundlich und zuvorkommend.«

»Du bist ihre Tochter, verdammt! Gerade jetzt als alleinerziehende Mutter brauchst du jede Hilfe, die du kriegen kannst.« Magda schüttelte verständnislos den Kopf und holte tief Luft. »Was hältst du davon: Ich ziehe temporär bei dir ein.«

»Was? Du meinst …«

»Die Wohnung ist ohnehin zu groß für dich und den Kleinen. Das dritte Zimmer nutzt du überhaupt nicht.«

»Aber … deine Praxis …«

»Muss ich eben fünfzehn Minuten früher aufbrechen, ist doch nichts dabei. Für meine beste Freundin mache ich das gern.«

»Du meinst das ernst, oder?«

Magda schmunzelte. »Schau mich nicht so verstört an. Wenn dir meine Idee nicht gefällt und du lieber allein sein willst, können wir es auch lassen.«

»Nein.« Leonie sprang auf, ignorierte die Tränen auf ihren Wangen und schloss ihre Freundin in die Arme. »Es gibt nichts, was ich lieber hätte, als dich in meiner Nähe.«

»Na dann.« Magda lächelte. »Auf eine gute Wohngemeinschaft.«

14. China, Wuhan, Zentralkrankenhaus
Samstag, 07. Dezember 2019, 08:00 Uhr

Tao hockte bereits seit über einer Stunde im Warteraum der Klinik und noch immer war die Ärztin nicht erschienen.

Dabei hatte es geheißen, er solle pünktlich um sieben Uhr vor Ort sein, um seine Frau mit nach Hause zu nehmen.

Tao fragte sich, weshalb das so lange dauerte. Gestern war er darüber informiert worden, dass es Amaya besser ging. Man hatte sie von der Intensivstation auf eine andere Abteilung verlegt. Gewöhnlich waren die Ärzte durch die latente Überforderung des Gesundheitssystems froh, wenn sie einen Patienten entlassen konnten – und scheuten sich auch nicht, dies umgehend zu tun. Umso mehr war es verwunderlich, dass Amaya noch immer nicht vor ihm stand.

Tao wollte sich gerade erheben und an den Stationsschalter wenden, als die zuständige Ärztin in den Warteraum trat und sich ihm näherte. Der Händler rechnete damit, auch seine Frau zu erblicken, doch sie war nirgends zu sehen.

»Es tut uns leid«, sagte die Ärztin mit leiser Stimme und warf Tao einen bedauernden Blick zu. »Wir haben unser Bestes gegeben, aber Ihre Frau ist vor einer halben Stunde verstorben.«

Tao blinzelte verwirrt. »Sie müssen mich verwechseln. Mein Name ist Zheng Tao und meiner Frau geht es bereits besser. Sie heißt Wang Amaya.«

Die Ärztin presste die Lippen aufeinander. »Wir sind zutiefst betrübt, aber Wang Amaya ist tot.«

»Nein, das …« Tao verstummte. Es konnte nicht sein. Ganz bestimmt nicht.

»Ich will zu ihr«, stieß er hervor.

Die Ärztin nickte schweigend, ging voraus und führte Tao in ein dämmrig beleuchtetes Krankenzimmer. Die Vorhänge waren zugezogen, drei der vier Betten im Raum waren leer. Tao trat auf die Gestalt zu, die reglos auf den Laken ruhte. Amayas Körper war nicht zugedeckt und sie trug eine weite, helle Patientenkleidung, die nur ihr Gesicht freiließ.

Ihr Antlitz war fahl, die Augen geschlossen. Ein grauer Schimmer lag um ihre Lider, blaue und purpurfarbene Linien säumten ihre Lippen. Die roten Spritzer auf ihrem Hemd waren nicht zu übersehen.

Tao streckte die Hand aus, wollte seine Frau berühren – doch einen Zentimeter vor ihrer Wange schreckte er zurück. Ihr Tod war nicht real, durfte es nicht sein. Amaya konnte ihn nicht verlassen haben, nicht auf diese Weise und schon gar nicht jetzt. Mit Sicherheit war sie noch am Leben und das alles hier ein grausamer Irrtum. Wenige Sekunden, dann würde sie die Augen öffnen und ihm ihr warmes, herzliches Lächeln schenken.

Tao wartete zehn Sekunden, dann dreißig. Er spürte, wie Tränen in seine Augen traten, wandte sich abrupt um und verließ fluchtartig den Raum. Als er in den hell erleuchteten Gang trat, stieg ein Schluchzen seine Kehle empor. Weinkrämpfe schüttelten ihn.

Tao wusste nicht, wie viel Zeit vergangen war, als er neben sich die Stimme der Ärztin vernahm.

»Wir können noch nicht sagen, was genau passiert ist. Bis gestern Abend hat sich ihr Zustand laufend gebessert, auch die Entzündungswerte sind zurückgegangen. Doch heute Morgen hat Ihre Lunge überraschend versagt. Das Krankheitsbild sieht nach einer verschleppten Pneumonie aus. Können Sie mir sagen, wann die ersten Symptome ihrer Kurzatmigkeit aufgetreten sind?«

»Ich weiß nicht«, murmelte Tao. »Vor einem Monat vielleicht.«

»War sie in den Wochen davor krank?«

»Nein. Aber Amaya, sie … Sie hatte einen angeborenen Herzfehler.«

»Wir werden Ihre Frau obduzieren müssen, um die Ursache des Lungenversagens festzustellen.«

Tao schwieg. Was hätte er auch sagen sollen? Amaya war tot – egal, was die Ärzte nun mit ihr anstellen mochten, es bekümmerte sie nicht mehr.

Ich wünschte, ich hätte dir noch einmal gesagt, wie sehr ich dich liebe, dachte Tao und wischte sich die Tränen von den Wangen.

15. Österreich, Wien, Alsergrund
Freitag, 13. Dezember 2019, 21:00 Uhr

»Bist du dir sicher, dass du das willst?« Sofia blickte vom Bildschirm des Laptops auf und musterte ihre Freundin durch ihre runden Brillengläser.

Patricia holte tief Luft. »Ja, das bin ich. Ich wollte schon ewig nach Mailand und freue mich darauf, mal aus Wien herauszukommen.«

»Du warst doch erst letztes Wochenende bei Paul in Frankfurt.«

»Richtig, aber wir hatten nur zwei Tage. Außerdem ist das nicht dasselbe. Ich meine, mit einer guten Freundin unterwegs zu sein, das ist …«, Patricia hob unschlüssig die Schultern, »… pure Freiheit?«

Sofia lachte laut auf. »Höre ich da gewisse Beziehungsängste heraus?«

»Hey.« Patricias Augen wurden schmal. »So war das nicht gemeint. Ich liebe Paul, aber … er ist schon ein wenig anhänglich.«

»Wenn du ihn jetzt schon als anhänglich empfindest, sind das vielleicht nicht die besten Voraussetzungen, um zusammenzuziehen.«

»Ach was. Ich möchte nur weiterhin etwas ohne ihn unternehmen können, das ist alles. Paul versteht das. Er kommt neun Tage ohne mich aus.«

»Du auch ohne ihn?«

»Klar. Ich bin doch nicht …«

Patricia registrierte Sofias Grinsen und verstummte. »Du ziehst mich auf«, stellte sie fest.

»Gut erkannt.« Sofia deutete auf das Tattoo an ihrem Hals, das einen auffliegenden Falken zeigte. »Weil du vorhin davon gesprochen hast: Der Falke bedeutet Freiheit. Das war meine erste Tätowierung. Ich möchte Spaß mit dir haben und keiner liebeskranken Göre das Händchen halten müssen.«

»Mein Liebeskummer wird sich in Grenzen halten.«

Sofia lachte und fuhr sich durch ihr kinnlanges, rot gefärbtes Haar. »Ist der Schönling auch gar nicht wert.«

»Er hat andere Vorzüge.«

»Zum Beispiel ist er fünfzehn Jahre älter als du.«

»Für vierzig hat er sich sehr gut gehalten und besitzt einen knackigen Hintern.«

»Und hübsche Geheimratsecken.«

»Die unterstreichen seine Erfahrung.«

»Du bist eine schlecht bezahlte Krankenpflegerin und er ein erfolgreicher Unternehmer.«

»Perfekt, um mir viele teure Sachen zu kaufen.«

Jetzt lachten sie beide. Als ihr Gekicher versiegte, ergriff Patricia das Wort: »Bereust du es, Wien zu verlassen?«

Sofia schürzte die Lippen. »Schwer zu sagen. Die letzten beiden Semester waren der Hammer – und das nicht nur, weil ich dich kennengelernt habe. Aber daheim in Italien sind meine Mutter, mein Bruder, meine Großeltern …«

»Versprich mir, dass du mich spätestens nächsten Sommer besuchen kommst und nicht erst, wenn du deine Promotion in der Tasche hast.«

»Versprochen. Aber jetzt müssen wir mal die Buchung für Mailand bestätigen.« Sofia wandte sich der Tastatur des Laptops zu. »Letzte Chance, nein zu sagen.«

»Vergiss es.«

»Na dann.« Sofia klickte mit der Maus demonstrativ auf die Schaltfläche *Flug buchen*. »Das war's. Jetzt gibt es kein Zurück mehr.«

»Armes Italien.«

»Du sagst es. Mailand, nimm dich vor uns in Acht!«

16. China, Wuhan, Zentralkrankenhaus
Freitag, 20. Dezember 2019, 16:00 Uhr

Huang Mai-Lin hielt sich für eine pragmatische, selbstbeherrschte Frau, die ihre Gefühle und Empfindungen gut unter Kontrolle hatte. Doch als sie nun den Patienten genauer in Augenschein nahm und die Krankenakte las, konnte sie nicht anders, als kurz die Augen zu schließen und eine stumme Bitte an eine höhere Instanz zu richten, von der sie nicht einmal glaubte, dass sie existierte.

Der Mann war Ende sechzig, wirkte verwirrt und hatte eine Atemfrequenz von deutlich über dreißig Zügen pro Minute. Daneben lag sein Blutdruck bei 88 zu 47, womit er an einer Hypotonie litt. All diese Anzeichen waren Indiz genug, dass etwas im Argen lag.

Der Mann, ein Händler vom Fischmarkt, war vor drei Tagen mit hohem Fieber und Atemnot ins Spital eingeliefert worden und lag seitdem auf der Intensivstation – mit deutlichen Hinweisen auf eine atypische Pneumonie, einer Lungenentzündung, die sich nicht schlagartig, sondern allmählich entwickelt hatte.

Gewöhnlich wäre das nicht weiter auffällig gewesen; wenn es sich um den einzigen Patienten mit diesem Krankheitsbild gehandelt hätte. Doch in den letzten zwei Wochen hatte es fünf sehr ähnliche Fälle gegeben, zwei der Betroffenen waren inzwischen verstorben.

Mai-Lin ahnte, was dies bedeutete. Damals, Ende 2002, als eine neuartige Lungenerkrankung in der Provinz Guangdong aufgetreten war und sich im Lauf des Jahres 2003 zur weltweiten Pandemie entwickelt hatte, war sie gerade in ihrem letzten Doktorandenjahr gewesen. Als gelernte Virologin hatte sie alles über die neue Erkrankung und das auslösende Virus, das später *Severe Acute Respiratory Syndrome-related coronavirus* benannt worden war, aufgesaugt wie ein Schwamm. Sie wusste, wie SARS sich verbreitete, welche Charakteristika sein Auftreten kennzeichneten und weshalb es nur eine Frage der Zeit war, bis ein weiterer Ausbruch dieser lebensgefährlichen Lungenerkrankung erfolgte.

Mai-Lin erhob sich. Ihr Antlitz blieb ausdruckslos, als sie dem Intensivmediziner an ihrer Seite die Krankenakte in die Hand drückte. Sie musste zurück an ihren Arbeitsplatz am Institut für Virologie und einige Tests durchführen. Falls sie richtig lag – und sie betete darum, sich zu irren –, brauchte sie handfeste Ergebnisse und vor allem eindeutige Beweise, dass es sich tatsächlich um einen erneuten Ausbruch von SARS handelte. Andernfalls würde sie von den Behörden zweifellos mundtot gemacht werden.

Aber das durfte nicht geschehen. Mai-Lin spürte, dass etwas Großes auf sie zukam; etwas, das unzählige Menschenleben fordern mochte.

17. Österreich, Tirol, Innsbruck, Landesforstdienst
Montag, 23. Dezember 2019, 15:00 Uhr

»Herr Moser, Sie sind noch da?«

Reinhard blickte vom Bildschirm auf und wandte sich seinem Vorgesetzten zu. »Ich bleibe noch zwei Stunden. Der Entwurf des Landecker Waldentwicklungsplans ist noch nicht so weit, wie ich es gern hätte.«

»Machen Sie sich keinen Stress, so kurz vor Weihnachten. Es genügt, wenn wir den neuen Entwurf Ende Jänner weiterleiten.«

»Das ist schon richtig, aber es fehlen noch einige Aspekte, zum Beispiel die Einarbeitung der Gefahrenzonenpläne. Außerdem haben wir die beiden Projekttreffen und mehrere Schulungstermine. Ich möchte nicht unter Zeitdruck geraten.«

»Verstehe. Im neuen Jahr habe ich etwas Luft, da werde ich mich ebenfalls damit befassen. Es muss auch noch Zeit bleiben, dass Frau Baumgartner einen formalen Feinschliff durchführt.«

Reinhard schwieg, obwohl ihm die letzte Aussage seines Vorgesetzten nicht gefiel. Wendelin Sonnberg war ein wohlwollender Chef, in Reinhards Augen zu wohlwollend; etwa hinsichtlich mancher seiner Mitarbeiter. Speziell Hildegard Baumgartner, Wendelins Sekretärin, hätte nach Reinhards Meinung eine strengere Führung vertragen. Sie hockte den ganzen Tag unmotiviert im Büro, telefonierte mit ihren Freundinnen und gab patzige Antworten, wenn man sie um etwas bat.

Wendelin blickte auf seine Armbanduhr. »Ich muss los. Schöne Weihnachten und einen guten Rutsch. Gehen Sie mal wieder unter Menschen.«

»Danke, Ihnen ebenfalls geruhsame Festtage.« Reinhard ignorierte den zweiten Kommentar seines Vorgesetzten und ergänzte: »Feiern Sie schön mit Ihrer Familie.«

Wendelin marschierte in Richtung Tür, verhielt jedoch auf der Schwelle und wandte sich noch einmal Reinhard zu.

»Ich habe gehört, Sie hatten letztens eine gute Jagd.«

»Das ist richtig. Ein Vierzehnender.«

Wendelins Augenbrauen wanderten nach oben. »Nicht schlecht. Erlegt man nicht alle Tage. Gratuliere.«

»Danke. Es war ein glücklicher Schuss.«

Reinhard beobachtete, wie sein Vorgesetzter durch die Tür trat und verschwand. Wendelins Aussage hatte überaus angenehme Erinnerungen wachgerufen. Reinhard fühlte, wie sich sein Herzschlag beschleunigte und ein Schweißfilm über seine Handinnenflächen kroch, als er an jenen Morgen zurückdachte – an den klagend-gellenden Ruf der Hirschkuh, das Röhren des Vierzehnenders und den blutroten, aufgewühlten Schnee. Zweifellos eine Jagd, die ihm in Erinnerung bleiben würde.

18. China, Wuhan, Großhandelsmarkt für Fische und Meeresfrüchte
Mittwoch, 25. Dezember 2019, 17:00 Uhr

Der Regen prasselte gleichmäßig und monoton auf das Blechdach der Markthalle. Die Luftmasse war schwül und dampfig, vermischte die unterschiedlichen Gerüche nach Fischabfällen, Schweiß und Exkrementen zu einem undefinierbaren Odem, der im Hals und in der Nase kratzte. Für einen Mittwochabend drängte sich die Kundschaft in auffällig großer Zahl durch die Gänge. Vermutlich lag dies am heutigen Weihnachtstag, der in China zwar kein Grund zum Feiern war, doch den einen oder anderen dazu veranlasste, für das Abendessen eine besondere Köstlichkeit einzukaufen.

Tao ließ dies alles kalt. Er betrachtete die vorbeischlendernden Menschen mit einer Mischung aus Missmut, Trauer und Desinteresse. Es gab nichts, das seine trübe Stimmung heben, nichts, das seinen Verlust hätte erträglicher machen können.

Das Begräbnis seiner Frau lag inzwischen eine Woche zurück. Sie hatten sich auf Wunsch ihrer Eltern für eine traditionelle chinesische Bestattung in ihrem Heimatort entschieden. Ihr Körper war gereinigt worden und man hatte sie in einen Sarg gebettet. Drei Tage war sie aufgebahrt gewesen, dann hatte sich die Familie in Weiß gekleidet und die Tote zu ihrer letzten Ruhestätte begleitet. Unterwegs waren Feuerwerke gezündet und Papiergeld in den Himmel geworfen worden. Es hatte eine ausgelassene Stimmung geherrscht, die Taos Herz jedoch nicht berühren konnte.

Das lag auch daran, dass er seit dem Tod seiner Frau nichts mehr von Chen Shi gehört hatte. Shi war telefonisch nicht erreichbar und ebenso wenig auf Amayas Begräbnis erschienen, was Taos Trauer verstärkte. Er ahnte, dass ihm der Tod seiner Frau nicht nur den hellsten Stern in seinem Leben, sondern auch seinen besten Freund genommen hatte.

»Zheng Tao«, erklang eine Stimme.

Der Händler blickte auf. »Ni hao, Liu Phuong.«

Phuong trat auf ihn zu, verneigte sich tief und nahm Taos Hand. »Ich überbringe dir aufrichtiges Beileid von mir und meinen Eltern. Es tut mir so leid, was mit Amaya geschehen ist. Sie war ein guter Mensch.«

»Ja, das war sie.« Tao spürte ein Kratzen im Hals, so wie vor einigen Wochen, als er Fieber bekommen hatte.

»Ich werde sie immer im Herzen behalten«, ergänzte Phuong. »Wenn ich in Italien bin, werde ich eine Kerze für sie entzünden.«

»Du gehst nach Europa?«

»Ja, ich habe einen neuen Job auf den Reisfeldern im Norden des Landes. In einem Monat verdiene ich dort das Doppelte wie bisher.«

»Ich wünsche dir alles Gute. Wann kommst du zurück?«

»Das weiß ich noch nicht. Vielleicht erst im Sommer. Mach es gut und lass bald wieder die Sonne in dein Herz.«

Die beiden Männer verabschiedeten sich und Tao blieb allein zurück. Er blickte zu dem Käfig, in dem er die Fledermäuse gehalten hatte. Er war leer. Tao hatte keine Tiere nachbestellt. Er wollte keine Fledermäuse mehr verkaufen. Eigentlich wollte er gar nichts mehr verkaufen. Er wollte sich hinsetzen, das Gesicht in den Händen vergraben und niemals mehr aufstehen.

Tao blinzelte, spürte, wie seine Augen feucht wurden. Es war vorbei. Die Sonne in seinem Leben war erloschen und würde niemals wieder scheinen. Alles, was ihm blieb, war ihre gemeinsame Tochter Kim – doch diese hatte ihm gestern mitgeteilt, dass sie nicht länger in Wuhan bleiben und nach Peking gehen wollte. Damit würde Tao demnächst ganz allein sein; allein mit seiner Einsamkeit und nur von der Hoffnung beseelt, dass er seiner Frau bald ins Jenseits und in die Welt der Geister folgen konnte.

Mein Herz, dachte Tao und Tränen perlten seine Wangen hinab. *Womit haben wir das verdient?*

Am Samstag, den 28. Dezember 2019 um siebzehn Uhr Lokalzeit geriet der Ausbruch der neuen Virusinfektion außer Kontrolle.

Zu diesem Zeitpunkt gab es in Wuhan und Umgebung vierhundertachtunddreißig infizierte Personen, von denen mehr als die Hälfte keine Symptome aufwies. Ein chinesischer Textilarbeiter mit dem Virus im Körper war bereits Wochen zuvor nach Italien gereist und hatte bis zu diesem Zeitpunkt elf weitere Menschen angesteckt. Daneben konnte man in Frankreich im Raum Paris vierzehn infizierte Menschen zählen. Um siebzehn Uhr befand sich auch ein erkranktes Ehepaar auf halbem Weg in die chinesische Hauptstadt Peking. Und eine junge Frau mit dem Erreger im Körper stieg in ein Flugzeug Richtung Thailand. Es war ebenso der Moment, als sich in Wuhan anlässlich einer pompösen Hochzeit mehr als dreihundert Menschen versammelten, davon zwei Infizierte – Braut und Bräutigam. Und zuletzt vollzog das Virus an diesem Tag in der italienischen Lombardei einen folgenschweren Wandel: Durch eine spontane, genetische Mutation verdoppelte sich die Infektiosität des Erregers; und das auf diese Weise optimierte Virus schickte sich umgehend an, seine Vorgängermutation zu verdrängen.

Aber das alles wusste zu diesem Zeitpunkt freilich niemand. Selbst wenn es jemand geahnt hätte, wären sämtliche

Eindämmungsversuche zu spät gekommen. Das Virus war perfekt auf den menschlichen Organismus angepasst, darauf programmiert, sich im Stillen weiter auszubreiten – und nichts und niemand konnte es mehr aufhalten.

19. China, Wuhan, Institut für Virologie
Montag, 30. Dezember 2019, 13:00 Uhr

Mai-Lin hockte vor ihrer Schüssel mit Reis und Hühnerfleisch, hatte die Holzstäbchen ergriffen und stocherte in ihrem Essen herum. Obwohl sie heute noch keinen Bissen zu sich genommen hatte, war sie nicht hungrig. Stattdessen fühlte sie sich müde und ausgelaugt. Die letzten Tage waren anstrengend gewesen. Sie hatte zu wenig geschlafen und freiwillig Überstunden absolviert, um die Tests abzuschließen. Daneben hatte sie zwei Feiern besucht und bei einem medizinischen Notfall in ihrer Nachbarsfamilie ausgeholfen.

Immerhin wusste sie jetzt entscheidend mehr als vor einer Woche. Sie hatte Proben von allen Patienten mit Lungenentzündung genommen und die Röntgenbilder verglichen. In einem Fall dürfte es sich um eine akute, bakteriell ausgelöste Pneumonie handeln. Bei zehn weiteren Patienten waren atypische Pneumonien diagnostiziert worden, die sehr wahrscheinlich auf eine Virusinfektion zurückzuführen waren. Andere potenzielle Auslöser wie Chlamydien, Medikamente oder Erbkrankheiten schloss Mai-Lin aufgrund der Häufung an Fällen aus. Überdies hatten sämtliche Patienten am Großhandelsmarkt in Wuhan gearbeitet, waren Zulieferer oder nahe Verwandte gewesen. Damit erhärtete sich ihr Verdacht auf einen erneuten Ausbruch von SARS. Nur die entsprechende Bestätigung durch das Labor stand noch aus.

Ihre Untersuchungen hatten unweigerlich dazu geführt, dass auch die lokale Gesundheitsbehörde von der möglichen Bedrohung durch ein pneumonieauslösendes Virus erfuhr. Doch bislang waren, zumindest Mai-Lins Wissen nach, keine Maßnahmen gesetzt worden. Ebenso hatten sich die Zuständigen nicht an das nationale Zentrum für Seuchenbekämpfung gewandt, wie es das epidemische Frühwarnsystem seit dem ersten Ausbruch von SARS vorsah. In Mai-Lins Augen war dieses Vorgehen grob fahrlässig.

Die Virologin gähnte ausgiebig, rückte ihre Brille zurecht und schloss für einen Moment die Augen. Heute musste sie früher heimgehen und spätestens um neun im Bett sein. Andernfalls wusste sie nicht, wie sie die kommenden Tage überstehen sollte, die mit Sicherheit nicht weniger herausfordernd sein würden.

»Isst du das noch?«

Wu Tuan, Mai-Lins Kollege, der ebenfalls am Zentrum für neuartige Infektionskrankheiten arbeitete, beugte sich zu ihr und grinste sie an.

»Nein, ich bin nicht hungrig.« Mai-Lin schob ihre Schüssel Tuan zu, der sich sofort über Reis und Hühnchen hermachte.

Mai-Lin betrachtete ihren Kollegen von der Seite. Seine rundlichen Wangen schimmerten rosarot und die kleinen, dunklen Augen glänzten, als er sich das Essen begierig in den Mund schob. Mai-Lin hatte Tuan noch nicht von ihrer Entdeckung berichtet und bislang nur ihren Vorgesetzten und ihre Freundin Li Yanzhou eingeweiht. Aber diese Zurückhaltung durfte nicht mehr lange bestehen bleiben, die Situation war schlicht und einfach zu brisant.

Nein, schoss es Mai-Lin durch den Kopf. *Diese Geheimniskrämerei muss sofort aufhören!* Wenn die Gesundheitsbehörde keine Schritte unternahm, mussten es andere tun. Sie hatte ihre Erkenntnisse zu lange für sich behalten. Je mehr Köpfe sich mit dem Thema befassten, desto eher konnten sie den Ausbruch von SARS beweisen und damit das Risiko einer weiteren Ausbreitung minimieren. Es wurde Zeit, dass sie ihre Kollegen über die Gefahr informierte.

Mai-Lin strich sich zwei Strähnen ihrer kurzen Haare aus der Stirn, zückte ihr Handy und schrieb eine Nachricht in die Chatgruppe der medizinischen Mitarbeiter ihrer Abteilung: *Zehn Fälle atypischer Pneumonie im Zentralkrankenhaus. Vier Patienten verstorben. Virusinfektion wahrscheinlich. Vermute erneuten SARS-Ausbruch. Gesundheitsbehörde zögert. Erbitte Dringlichkeitssitzung morgen um neun.*

Mai-Lin legte ihr Mobiltelefon beiseite und atmete tief durch. Es war so weit, nun gab es kein Zurück mehr. Trotz ihres stillen Unbehagens wünschte sie sich, dass sie mit ihrer Vermutung richtig lag und es sich bei den Krankheitsfällen nicht bloß um einen absurden Zufall handelte. Andernfalls mochte sie nicht nur ihren Job verlieren, sondern auch unangenehme Bekanntschaft mit der Zensurbehörde machen. Doch wer niemals ein Risiko einging, der konnte auch nichts Großes bewirken.

Wo, verdammt, sind die Analyseergebnisse? Mai-Lin gähnte und kramte in der obersten Lade ihres Schreibtisches. Die Nacht war trotz ihres Vorsatzes, früher ins Bett zu gehen, kurz und unruhig gewesen. Dazu kamen die Bilder ihres letzten Traums – bleiche, hohlwangige Menschen, die wie Zombies durch einen apokalyptischen Straßenzug wankten. Kein Wunder, dass sie sich mies fühlte.

Mai-Lin blinzelte, nahm ihre Brille ab und rieb sich die Augen. Sie musste sich konzentrieren. Die Dringlichkeitssitzung war wichtig, verdammt wichtig. Also, wo waren die Ergebnisse? Sie hatte die Daten gestern ausgedruckt und, wie sie dachte, auf ihren Bürotisch gelegt, konnte sie aber nicht finden. *Ob sie Tuan bereits in den Besprechungsraum getragen hat?*

In diesem Moment wurde die Tür des Büros aufgerissen. Mai-Lin fuhr auf ihrem Drehstuhl herum und öffnete den Mund, um ihrem Unmut über das abrupte Eindringen Luft zu machen; doch dann entglitt ihrer Kehle bloß ein abgehacktes Geräusch, das Ähnlichkeiten mit dem Krächzen einer Krähe besaß.

Vor ihr standen drei uniformierte Polizeibeamte und bedachten sie mit Blicken, die ihr augenblicklich verdeutlichten, dass sie in Schwierigkeiten steckte.

»Mein Name ist Inspektor Zhu Ken-Shou vom Ministerium für Staatssicherheit«, begann der Älteste von ihnen, der offensichtlich auch der Befehlshaber war. »Sie sind Huang Mai-Lin?«

Auf den Schultern des athletisch gebauten, glatzköpfigen Mannes prangten Abzeichen mit einem Kreuz und zwei Silberstreifen. Mai-Lin kannte sich mit den Dienstgraden der Polizei nicht aus, doch war ihr bewusst, dass sie sich keinem Rekruten gegenübersah.

Die Virologin nickte schweigend.

»Gut.« Der Polizeibeamte trat einen weiteren Schritt auf sie zu. »Gestern um dreizehn Uhr zwanzig haben Sie über einen Chatdienst Ihre Kollegen über angebliche SARS-Patienten im örtlichen Krankenhaus informiert. Ihnen ist wohl nicht bewusst, was Sie mit dieser haltlosen Vermutung ausgelöst haben.« Der Blick des Polizeibeamten fixierte sie wie eine Kobra. »Ihre Nachricht ist ins Netz gelangt und wurde tausendfach verbreitet. Mit dieser Falschmeldung haben Sie unnötige Ängste geschürt und die staatliche Ordnung gefährdet.«

»Mit Verlaub, Inspektor, ich möchte betonen …«

»Kein Interesse an Ihren Erläuterungen. Wo sind die Unterlagen zu Ihren Erhebungen?«

Schweigend deutete Mai-Lin auf eine Dokumentenmappe, die auf der Arbeitsfläche ihres Schreibtisches lag. Dummerweise hatte sie den Ordner unübersehbar mit *SARS 2019* betitelt.

»Die Unterlagen werden konfisziert«, sagte der Inspektor, ergriff den Ordner und reichte ihn an einen seiner Kollegen weiter. »Was ist mit den Röntgenbildern?«

»Welche Röntgenbilder?« Mai-Lin zwinkerte unschuldig.

Als die Augenbrauen des Inspektors bedrohlich aufeinander zuwanderten, stieß Mai-Lin ein Seufzen aus, erhob sich und zog die Lungenaufnahmen der Pneumonie-Patienten aus einem Fach des Büroschranks.

»Gut.« Zhu Ken-Shou zeigte keine Regung, als er die Röntgenbilder entgegennahm. »Sie werden sich verpflichten, sämtliche Daten und angefertigten digitalen Kopien umgehend zu löschen. Außerdem werden Sie Ihre Aussagen öffentlich widerrufen und sich verpflichten, über diese Angelegenheit kein Wort mehr zu verlieren und keine Informationen weiterzugeben. Andernfalls verlieren Sie Ihren Job und werden verhaftet. Hier, unterschreiben Sie das.«

Ein Kollege des Inspektors zog ein Blatt Papier aus seiner Aktentasche und legte es vor Mai-Lin auf den Schreibtisch. Die Virologin überflog den Text. Es war, wie der Inspektor gesagt und sie längst begriffen hatte: Sie sollte mundtot gemacht werden.

Mai-Lin verzog keine Miene, als sie einen Kugelschreiber zückte und ihren geschwungenen Schriftzug unter die Schweigepflichtserklärung setzte. Sie nickte dem Inspektor zu, der ihr einen letzten, warnenden Blick zuwarf, das Dokument aufnahm und gemeinsam mit seinen Kollegen das Büro verließ.

Ein schmales, humorloses Lächeln zeigte sich auf Mai-Lins Lippen. Sollten die Behörden nur glauben, sie habe sich mit ihrem Schicksal abgefunden. Abstriche von mehreren Patienten waren längst über inoffizielle Kanäle an zwei private Labors gelangt. Morgen, spätestens übermorgen, sollten die Ergebnisse vorliegen. Und dann würde sich schon weisen, was wichtiger war: Die Unterdrückung einer mahnenden Stimme oder die Rettung einer gesamten Nation.

20. Österreich, Wien, Donaustadt
Donnerstag, 02. Januar 2020, 15:00 Uhr

»Wie findest du die Wohnung?« Paul breitete die Arme aus. »Es war ein glücklicher Zufall, dass ich sie bekommen habe, und dann auch noch so kurzfristig.«

»Nicht schlecht.« Patricia blickte sich um. »Schon der Vorraum ist fast so groß wie mein WG-Zimmer.«

»Komm, ich zeige dir alles.«

Obwohl sich Patricias Begeisterung in Grenzen hielt, ließ sie sich von Paul durch das Apartment führen, der von den Vorzügen der Unterkunft zu schwärmen begann.

»Die Wohnung hat zweiundneunzig Quadratmeter und drei Zimmer. Von hier kommt man in den südseitig gelegenen Garten mit Terrasse. Die Vormieter haben sogar zwei Aprikosenbäume gepflanzt. Alle Zimmer haben Fußbodenheizung und wir können die Küche, Waschmaschine und zwei Schränke übernehmen. Es gibt ein geräumiges Kellerabteil und zwei Pkw-Abstellplätze. Zu Fuß ist man in wenigen Minuten bei der U2, mit dem Bus sind es sogar nur vier Minuten. Außerdem ist das Gebäude hervorragend wärmeisoliert und schallgedämmt. Wir könnten eine wilde Orgie feiern und niemand würde es merken.«

»Hast du das schon ausprobiert?«

»Ähm … nein.« Paul wirkte irritiert. »Also, was sagst du?«

»Etwas weit weg von meinem Arbeitsplatz, aber gut.«

»Bis zum AKH braucht man öffentlich vierzig Minuten. Ist dir das zu lang? Ich kann mich noch umsehen, vielleicht finde ich …«

»Schon gut.« Patricia winkte ab. »Das ist Meckern auf hohem Niveau. Ich weiß, dass du die Nähe zur Natur magst. Von hier ist man in wenigen Minuten in der Lobau. Außerdem ist es eine schöne Wohnung.«

»Trotzdem wirkst du nicht überzeugt.«

Patricia zögerte. »Es ist nur … Ich kann mich nicht an den Kosten beteiligen, Paul. Das hier ist eine Eigentumswohnung. Wie viel, hast du gesagt, würde sie kosten? Vierhunderttausend?«

»Dreihundertneunzig. Also stimmt, günstig ist sie nicht gerade.«

»Ich habe mir nur zehntausend Euro angespart. Die möchte ich nicht ausgeben. Und dann kommen noch die Spesen für die Einrichtung dazu.«

»Das macht nichts«, betonte Paul. »Wie ich schon gesagt habe: Ich übernehme die Kosten.«

»Das will ich aber nicht. Ich …« Patricia rang nach Worten. »Ich habe das Gefühl, als würde ich dich ausnützen. Zuerst bringe ich dich dazu, aus deiner Heimat nach Österreich zu ziehen, und jetzt kaufst du auch noch eine Wohnung für uns beide.«

Paul nahm Patricias Hand und warf ihr einen innigen Blick zu. »Zunächst mal: Ich liebe dich. Ich würde alles für dich tun.« Paul drückte seiner Freundin den Zeigefinger auf die Lippen, als sie einen Einwand erheben wollte. »Ja, es war eine Überwindung, Frankfurt, meinen Vater und Julian zurückzulassen. Aber die Entscheidung habe ich aus freiem Willen getroffen. Was die Wohnung angeht: Wenn du glaubst, ich bezahle die vierhunderttausend Euro aus der Portokasse, dann irrst du dich. Ich werde einen Kredit aufnehmen.«

Patricia trat einen Schritt zurück. »Nein, das … Stell dir vor, wir trennen uns.«

Paul lächelte sanft. »Ach? Willst du mir irgendetwas sagen?«

Patricia senkte betreten den Kopf. »Nein. Das ist nicht der Grund. Ich weiß auch nicht. Das alles wirkt so … surreal.«

»Das wird schon, du wirst sehen. Ich möchte, dass du als Miteigentümerin im Wohnungsvertrag stehst – damit du Ansprüche auf sie hast, falls wir uns in zwei Monaten in einem wilden Rosenkrieg trennen.« Er zwinkerte ihr zu.

Verdammt, dachte Patricia und wusste nicht, wie sie reagieren sollte. *Ich könnte ihn gleichzeitig ohrfeigen und küssen. Muss er so charmant sein?*

»Meinetwegen«, stieß sie hervor. »Aber eines sage ich dir: Auch wenn es mein ganzes Leben dauert, ich werde dir die Hälfte der Wohnungskosten zurückzahlen.«

Paul lächelte. »Ganz wie du willst, Prinzessin.«

21. China, Wuhan, Institut für Virologie
Freitag, 03. Januar 2020, 09:00 Uhr

»Es ist nicht SARS.«

»Wie bitte?« Mai-Lin wandte sich Tuan zu, der ohne anzuklopfen in ihr Büro trat und einen unscheinbaren Briefumschlag in die Höhe hielt. Die Pausbacken ihres Arbeitskollegen glänzten. Noch deutlicher zeigte sich Tuans Erregung an dem Leuchten seiner dunklen, weit aufgerissenen Augen.

»Ein Bote hat mir vor wenigen Minuten die Laborergebnisse überreicht«, sagte Tuan. »Sie sind, nun ja … Aber lies den Brief selbst.«

Mai-Lin musste sich beherrschen, um Tuan den Umschlag nicht aus der Hand zu reißen. Während sie das Kuvert mit fliegenden Fingern öffnete, dachte sie an die letzten Tage, die zwar keine weiteren Besuche der Zensurbehörde gebracht hatten, aber leider auch nicht weniger anstrengend gewesen waren.

Die Dringlichkeitssitzung vergangenen Dienstag hatte trotz der Warnungen der Polizeibeamten stattgefunden. Alle beteiligten Kollegen hatten wie Mai-Lin Schweigepflichtserklärungen unterschreiben und getätigte Aussagen widerrufen müssen. Dennoch hatte niemand gezögert, sich an weiteren Maßnahmen zu beteiligen. Sie hatten die Sicherheitsstufe erhöht, das Monitoring der erkrankten Patienten fortgeführt und die rasche Auswertung der Blutproben sowie Rachenabstriche vorangetrieben. Bis heute mussten sie auf die Ergebnisse der Labors warten; unter anderem deshalb, weil sie beschlossen hatten, weder den offiziellen Postweg zu gehen, noch über digitale Kanäle zu kommunizieren, um der Zensurbehörde durch die Finger zu schlüpfen.

Mai-Lin überflog den Text, die Analyseergebnisse und gemessenen Werte. Auf den ersten Blick sahen die Ergebnisse genau so aus, wie sie erwartet hatte. Bei sämtlichen erkrankten Personen war eine akute Virusinfektion nachgewiesen worden. Zudem stammte der Erreger eindeutig aus der Familie der Coronaviren. Allerdings: Es handelte sich nicht um das SARS-assoziierte Coronavirus, sondern um einen nahen, aber unbekannten Verwandten.

Mai-Lin legte die Laborergebnisse auf ihrem Schreibtisch ab, fuhr sich durch ihre kurzen Haare und blickte aus dem Fenster. Eine graue Nebelwand hatte die Stadt verschlungen und ließ nur einzelne Umrisse von Wohnhäusern und Bäumen erahnen. Das Wetter schien ihre Gedanken und Empfindungen zu spiegeln: Eine vage, unfassbare Gefahr lauerte knapp außerhalb ihres Sichtfeldes und pirschte sich beständig näher heran, sobald sie sich für einen Atemzug abwandte.

»Ein neuartiges Coronavirus.« Mai-Lin seufzte tief. »Was mich zu der Frage bringt: Woher, zum Teufel, kommt dieser Erreger?«

22. Deutschland, München, Maxvorstadt
Mittwoch, 08. Januar 2020, 15:00 Uhr

»Hey, Leonie.« Magda trat vom Wohnzimmer in den Vorraum und umarmte ihre Freundin. »Wie war es heute in der Arbeit?«

»Überraschend gut.« Leonie legte ihre Umhängetasche ab und zog den Mantel aus. »Die Kinder waren so brav wie schon lange nicht mehr. Sogar Mustafa hat nichts angestellt.«

»Siehst du – ich habe dir doch gesagt, dass Selbstbewusstsein nach außen getragen werden kann.«

»Ja, mittlerweile glaube ich auch daran. Und vielen Dank, dass du heute auf Valerian aufgepasst hast.«

Magda winkte ab. »Waren ja nur ein paar Stunden. Der kleine Racker und ich verstehen uns blendend. Wir haben mit den Bauklötzen gespielt, er hat Reis mit Erbsen bekommen und ich durfte mich zehnmal im Schrank verstecken.«

»Zehnmal?« Leonie lachte. »Du Arme.«

»Halb so schlimm. Dafür war er nachher so müde, dass er fast zwei Stunden geschlafen hat.«

»Wo ist er jetzt?«

Magda deutete ins Wohnzimmer. »Er spielt wieder mit den Bauklötzen.«

»Gut.« Leonie nickte versonnen. »Weißt du, Andreas, der zweite Pädagoge aus der Parallelgruppe, hat heute mehrmals das Gespräch mit mir gesucht. Einfach so. Ich glaube beinahe, er will etwas von mir.«

»Wundert dich das?« Ein Schatten huschte über Magdas Züge, doch sie zwinkerte ihrer Freundin zu. »Du bist eine intelligente, humorvolle und bildhübsche Frau. Für deine süße Stupsnase und die herrlichen Naturlocken würden manche Frauen töten.«

»Ach was. Die Locken sind vor allem störend. Da ist so ein Pferdeschwanz wie bei dir viel praktischer.«

»Außerdem siehst du jünger aus, als du bist. Du gehst locker als fünfundzwanzig durch.«

»Machst du mir jetzt Komplimente?«

Magda blieb ernst. »Wann hast du das letzte Mal welche bekommen?«

Leonie blinzelte. »Ich … Ich weiß es nicht.«

»Eben. Komplimente sind wichtig. Speziell für Mütter.«

»Ich dachte, du bist Physiotherapeutin und nicht Psychologin.«

»Stimmt. Aber das sagt der gute Frauenverstand. Und die Erfahrung.«

»Du hast doch keine Kinder.«

Noch im selben Augenblick verfluchte sich Leonie dafür, diese Worte ausgesprochen zu haben. Aber nur ein kurzes Zucken wanderte über Magdas Gesicht.

»Ich weiß. Doch es ist kein Geheimnis, dass man in herausfordernden Zeiten besondere Zuwendung braucht. Ein ehrliches Kompliment zum richtigen Zeitpunkt kann den ganzen Tag retten.«

»Das stimmt. Danke, dass du meinen gerettet hast.«

»Ich dachte, dein Tag war eh nicht übel?«

»Kann sein. Aber nur, wenn wir jetzt noch zu dritt im Bett kuscheln, wird er richtig toll.«

Magda lächelte. »Das lässt sich einrichten.«

23. China, Wuhan, Institut für Virologie
Donnerstag, 09. Januar 2020, 15:00 Uhr

Mai-Lin stand im Tierversuchslabor des Instituts und beobachtete die Fledermäuse, die in ihrem kleinen, hermetisch abgeriegelten Käfig wie braune Kiefernzapfen von einer hölzernen Querstrebe baumelten.

Ein Hüsteln hinter ihr ließ sie den Kopf wenden.

»Huang Mai-Lin?«, erkundigte sich der junge Mann, der seine Haare zu einem Dutt hochgebunden hatte und einen Kinnbart trug.

»So ist es. Sie sind Sun Aang?«

Der junge Mann deutete eine Verbeugung an. »Mein Vorgesetzter hat mir mitgeteilt, dass Sie etwas über unsere Versuchstiere erfahren möchten.«

Mai-Lin deutete auf den Käfig. »Um welche Fledermäuse handelt es sich hier?«

»Chinesische Hufeisennasen. Die sind bei uns weit verbreitet.«

»Ist es jene Art, die als wahrscheinlichstes Reservoir für das SARS-assoziierte Coronavirus gilt?«

Aang nickte. »Ich merke, Sie sind informiert. In den letzten Jahren gab es weitere Hinweise darauf, dass diese Vermutung korrekt ist. Wobei noch nicht geklärt werden konnte, ob das Virus direkt auf den Menschen übertragen worden ist, was aus medizinischer Sicht unrealistisch erscheint, oder ob es einen Zwischenwirt gegeben hat. Oft werden hier Schleichkatzen oder Schuppentiere vermutet. Jedenfalls konnten wir bei unseren Fledermaus-Abstrichen Coronaviren finden, die große Ähnlichkeit mit dem identifizierten SARS-Erreger besitzen.«

»Dabei hatte es lange Zeit geheißen, Fledermäuse tragen keine für Menschen gefährlichen Viren in sich.«

»Auch das ist richtig. Bereits vor SARS war bekannt, dass Fledermäuse einen Pool für unterschiedliche Viren darstellen. Bis auf zwei Humane Coronaviren, die unproblematische Erkältungen verursachen, gab es aber keine Hinweise darauf, dass so etwas wie das SARS-assoziierte Coronavirus auf den Menschen übertragen werden kann. Der Knackpunkt war aber nicht die bloße Existenz des Virus' – potenziell gefährliche Erreger gibt es schließlich überall –, sondern seine Fähigkeit, im Rahmen einer Tröpfcheninfektion von Mensch zu Mensch übertragen zu werden. Erst dadurch hat sich die weltweite Pandemie entwickeln können.«

»Das wollte ich jetzt nicht hören.«

Aang blinzelte. »Was meinen Sie?«

Mai-Lin holte tief Luft. »Rein hypothetisch angenommen, es gebe ein Coronavirus, das dem SARS-Erreger genetisch überaus ähnlich ist. Wie hoch schätzen Sie die Gefahr ein, dass auch dieses Virus unabhängig von seinem Hauptwirt über die Luft übertragen werden kann?«

»Das ist so nicht zu beantworten, dazu müsste ich mehr über diesen Erreger wissen.« Sun Aang warf Mai-Lin einen prüfenden Blick zu. »Aber sofern das neue Virus tatsächlich eine große Ähnlichkeit und damit Mutationsfähigkeit aufweist … Ja, dann muss man davon ausgehen, dass eine Übertragung von Mensch zu Mensch nicht nur möglich, sondern wahrscheinlich ist.«

24. Italien, Lombardei, Pavia
Montag, 13. Januar 2020, 09:00 Uhr

»Einen guten Morgen, allerseits. Mein Name ist Leonardo Mancini. Ich bin in den nächsten zwei Stunden Ihr Vortragender. Dieser Einführungskurs dient dazu, Ihnen die Grundlagen des Reisanbaus in Italien zu vermitteln. Sie sind alle Experten auf Ihrem Gebiet, doch Sie werden feststellen, dass es bei uns einige Unterschiede gibt, was den Anbau, die Pflege, die Reissorten, aber auch das Klima und den Ablauf der Ernte angeht. Wenn es Fragen gibt, können Sie mich jederzeit unterbrechen.«

Liu Phuong hockte mit seinen Kollegen auf den Sitzbänken und bemühte sich, dem in englischer Sprache gehaltenen Vortrag zu folgen. Jedoch fiel es ihm schwer, sich zu konzentrieren. Sein Kopf schmerzte, er fühlte sich abgeschlagen und musste einen beständigen Hustenreiz unterdrücken.

Vermutlich lag sein schlechter Gesundheitszustand an der Witterung hier in Norditalien. In Wuhan, seiner Heimatstadt, gab es selbst im Hochwinter nur selten Frost und tagsüber häufig über plus zehn Grad Celsius. Seitdem Phuong vor wenigen Tagen am Mailänder Flughafen gelandet war, herrschte nebelig-trübes Wetter bei Temperaturen um den Gefrierpunkt. Kein Wunder, dass er sich eine Erkältung eingefangen hatte.

Phuong verdrängte das aufkeimende Gefühl von Heimweh. Die Entscheidung, China für längere Zeit zu verlassen, war nicht leicht gewesen, aber sie würde sich bezahlt machen – im wahrsten Sinn des Wortes. Wenn er zurückkehrte, konnte er endlich vor Malikas Vater treten und um ihre Hand anhalten. Er würde die nächsten Tage etwas kürzertreten, dann gelang es ihm bestimmt, den grippalen Infekt zu übertauchen.

Die Menschen stolpern nicht über Berge, sondern über Maulwurfshügel, wie es bereits Konfuzius ausgedrückt hatte. Also musste Phuong dafür sorgen, dass ihm diese lästige Erkältung nicht seinen neuen Job kostete: Lang schlafen, viel Tee trinken und mit Optimismus in jeden neuen Tag starten, das hatte noch immer geholfen.

25. Österreich, Tirol, Innsbruck, Landesforstdienst
Donnerstag, 16. Januar 2020, 16:00 Uhr

»Entschuldigen Sie, Frau Baumgartner, ich habe da mal eine Frage.« Reinhard zauberte ein Lächeln auf seine Lippen, doch in seinem Inneren brodelte es. *Diese verdammte, elendige, verlogene …!*

»Ja, bitte, was gibt's?« Die Sekretärin legte ihr Mobiltelefon beiseite und warf Reinhard einen gelangweilten Blick zu.

»Ich kann die letzte bearbeitete Version des Landecker Waldentwicklungsplans nicht finden. Herr Sonnberg hat gemeint, Sie haben gestern meinen Rechner benutzt?«

»Ja, mein Computer hat gesponnen. Habe an Ihrer Version weitergearbeitet und die alte überschrieben.«

»Sie haben …?«

»Keine Sorge, die Änderungen können Sie im Schreibprogramm zurückverfolgen.«

»Die Nachverfolgung war deaktiviert.«

»Hoppla.« Frau Baumgartner zuckte die Achseln. »Tja, kann passieren.«

»Wo ist Herr Sonnberg?«, stieß Reinhard hervor.

»Außentermin.« Die Sekretärin kaute auf irgendetwas. War das ein Kaugummi? Das Brodeln in Reinhards Innerem nahm zu. Er spürte, dass seine Wangen heiß wurden. Vermutlich verwandelte sich auch seine kahle Schädeldecke gerade in eine aufgedrehte Herdplatte.

»Ist sonst noch etwas?«

Reinhard vernahm ein Rauschen in seinen Ohren. Wie er dieses überschminkte, einfältige, hinterfotzige Gesicht hasste!

Mit zwei Schritten war Reinhard am Schreibtisch der Sekretärin. »Hören Sie mir gut zu, Sie verfluchte Schlange.« Reinhard brachte sein Gesicht ganz nah an das von Frau Baumgartner, die ängstlich zurückwich. »Wie Sie Ihre überflüssige Zeit hier absitzen, ist mir scheißegal. Aber wenn Sie verschlagene Hure noch einmal auf meinem Rechner herumpfuschen und Dateien überschreiben, schneide ich Ihnen die Zunge und Ihre dreckigen Finger ab und hänge sie neben meine Trophäen an die Wand. Haben Sie mich verstanden?«

Frau Baumgartners Kinnlade klappte nach unten. Ihre gepuderten Wangen verloren den hellrosa Teint, wirkten fahl und ausgezehrt. Mit weit aufgerissenen Augen starrte sie ihren Kollegen an. Sie wollte etwas sagen, doch nur ein unverständliches Krächzen drang aus ihrer Kehle.

»Schön.« Reinhard richtete sich auf und trat zurück, als wäre nichts geschehen. »Damit ist wohl alles geklärt. Wir sehen uns morgen.«

26. USA, Washington, Everett
Sonntag, 19. Januar 2020, 08:00 Uhr

Der Tag begann trüb und feucht, aber immerhin war der unangenehm kühle Wind abgeflaut. Obwohl es nicht besonders kalt war und Yang Kinay unter seiner Jacke eine dicke Weste trug, fror er erbärmlich. Seine Zähne klapperten so heftig, dass er meinte, die anderen Kunden mussten es hören, als er den Supermarkt betrat; doch niemand nahm Notiz von ihm.

Kinay wusste, dass er nicht gesund war. Schon vor zwei Tagen, kurz nachdem er am Flughafen in Seattle gelandet war, hatte er sich unwohl gefühlt. Inzwischen mochte er sogar Fieber haben. Am lästigsten war jedoch der Husten, der ihn besonders in den Nachstunden quälte und einen erholsamen Schlummer verhinderte.

Kinay reihte sich in die Warteschlange vor den Kassen ein. Er bezahlte, verließ das Geschäft und marschierte auf seinen Wagen zu, als er hinter sich eine Stimme vernahm.

»Jo, Kinay, bist' wieder zurück aus good old China?«

Hinter ihm stand Guo Makoa, ein Freund aus Kindheitstagen. Kinay konnte ihn nicht besonders leiden. Er hielt Makoa für einen Proleten und Angeber, der die meiste Zeit mit seinen grobschlächtigen Kumpeln abhing und zwielichtigen Geschäften nachging.

»Hallo Makoa. Ich bin am Mittwoch angekommen. War eine schöne Zeit.«

»Hast' eh nicht das Virus mit'bracht?« Makoa feixte. »Siehst krank aus.«

»Eine Verkühlung, das ist alles. Ich muss weiter, habe noch einige Besorgungen zu machen.« Kinay wandte sich ab und trat auf seinen Wagen zu.

»Jo, Kinay«, rief ihm Makoa hinterher. »Hast' schon das Neueste zu diesem Virus gehört?«

Widerstrebend wandte sich Kinay noch einmal um. »Was denn?«

»Die Amis ham ihn hergestellt.« Makoa zwinkerte ihm zu. »In einem Labor. Wurde nach China geschmuggelt und am Fischmarkt in Wuhan freigesetzt.«

»Aha. Na ich weiß nicht. Wieso sollten die Amerikaner so etwas tun?«

»Aus Rache. Oder weil sie ihre wirtschaftliche Vormachtstellung zurückkriegen wollen.«

»Ja, vielleicht, wer weiß. Man sieht sich.«

Kinay stieg in seinen Wagen, schloss die Fahrertür und atmete tief durch – was allerdings ein Fehler war, denn umgehend wurde er von einem Hustenanfall geschüttelt. Als sich seine Lungen wieder beruhigt hatten, dachte er an Makoas Worte. Ein mulmiges Gefühl erfasste Kinay und er spürte, wie seine Knie weich wurden. *Vielleicht besser, wenn ich ins medizinische Zentrum fahre und mich testen lasse. Nur zur Sicherheit.*

Aber im Prinzip konnte er sich nicht vorstellen, dass er mit diesem Erreger infiziert war. Es wäre schon ein eigenartiger Zufall, wenn ausgerechnet ein Chinese das in den USA entwickelte Virus zurück in die Staaten brachte.

27. China, Wuhan, Institut für Virologie
Montag, 20. Januar 2020, 11:00 Uhr

Mai-Lin unterdrückte ein Husten und wischte sich den Schweiß von der Stirn. Sie hätte nicht mit dem Rad in die Arbeit fahren sollen. Das war ihrer Erkältung nicht zuträglich gewesen. Heute wollte sie sich endlich an ihren schon länger gehegten Vorsatz halten und das Institut früher verlassen. Es brachte weder ihr noch den anderen etwas, wenn sie sich zu Tode schuftete.

Es klopfte zaghaft an der Tür.

»Herein.« Bereits dieses eine Wort löste einen weiteren Hustenreiz aus, der Mai-Lin die Tränen in die Augen trieb. Als sie wieder klar sehen konnte, stand ihre Freundin und Kollegin Li Yanzhou in der Tür.

»Hallo Mai-Lin. Du siehst müde aus.«

»Bin ich auch. Aber heute werde ich mich ausschlafen. Was gibt es?«

»Hast du es noch nicht gehört?«

»Was denn?«

»Die Behörden haben offiziell bestätigt, dass das neue Virus von Mensch zu Mensch übertragen werden kann.«

»Na endlich. Die Feststellung kommt spät, wir vermuten das schon seit mehr als zwei Wochen. Ich will gar nicht wissen, wie hoch die tatsächlichen Fallzahlen …«

Mai-Lin unterbrach sich, als der Hustenreiz übermächtig wurde und sie ihren Mund in die Armbeuge senken musste. Ihr Körper bäumte sich auf, schien von innen nach außen explodieren zu wollen. Sie spürte einen unangenehmen Druck auf den Lungen, als wäre sie in ein enges Korsett gepresst.

Mai-Lin begegnete Yanzhous Blick. Der Ausdruck auf ihren Zügen gefiel ihr nicht.

»Hast du diesen Husten schon länger?«, fragte Yanzhou.

»Seit vorgestern. Morgen wird es bestimmt besser gehen.«

»Wie fühlst du dich?«

»Ein wenig angeschlagen, aber …«

»Mai-Lin.« Yanzhou warf ihrer Freundin einen strengen Blick zu. »Sag mir die Wahrheit.«

»Ich fühle mich krank«, gestand Mai-Lin. »War wohl etwas zu viel Stress in den letzten Tagen und Wochen.«

»Du hattest doch vor einigen Jahren Lungenkrebs und dir ist ein Teil des rechten Lungenflügels entfernt worden, nicht wahr?«

»Das ist richtig.«

Yanzhou musterte Mai-Lin schweigend. Ihr Gesichtsausdruck war ernst, als sie fortfuhr: »Bei deiner Vorerkrankung könntest du gefährdet sein. Schon SARS hat Menschen mit Lungenleiden besonders schwer getroffen. Mai-Lin, du solltest dich testen lassen. Du wärst nicht die erste Ärztin, die sich angesteckt hat.«

28. Frankreich, Paris
Montag, 20. Januar 2020, 14:00 Uhr

Sun Bailong starrte auf den Eiffelturm und konnte sich an dem Anblick nicht erfreuen. So lange hatte er als ehemaliger Stahlbautechniker den Moment herbeigesehnt, in dem er dem legendären Wahrzeichen von Paris Auge in Auge gegenüberstehen konnte. Aber jetzt, wo es so weit war …

Bailong wusste auch, worin seine mangelnde Begeisterung begründet lag. Seit zwei Tagen plagte ihn ein neuer Gichtanfall. Bailong hatte zwar weder Fleisch gegessen noch Alkohol getrunken, aber vielleicht war das halbe Glas Fruchtsaft bereits zu viel gewesen. Neben seinen Gelenken schmerzten diesmal auch seine Waden und Schenkel. Dazu kam ein Gefühl, als hocke ein großer, fetter Panda auf seiner Brust und drücke sie zusammen. Er geriet ungewohnt rasch außer Atem und musste immer wieder anhalten, um nach Luft zu schnappen – so wie jetzt, als sie die wenigen Stufen zu der erhöhten Terrasse in der Gartenanlage von Trocadero emporstiegen.

»Was ist mit dir, Sun Bailong?« Hu Ying warf ihrem Reisegefährten einen Blick zu. »Du schnaufst wie ein Tiger.«

»Muss nur … kurz Pause machen.«

»Du bist den ganzen Tag schon so kurzatmig. Das gefällt mir nicht.«

»Ach was. Ist nur die Gicht.«

»Nein.« Ying musterte Bailong mit zusammengekniffenen Augen. »Das ist kein typisches Symptom und passt auch nicht zu dir. Erinnerst du dich an Österreich letztes Jahr? Du warst im Schönbrunner Schlosspark der erste oben bei der Gloriette und bist nicht einmal außer Puste geraten.«

»Man wird eben nicht jünger.«

»Deine Lunge ist in Ordnung, das hast du erst vor ein paar Tagen wieder betont. Dass du so verschwitzt aussiehst, ist auch nicht normal. Hast du etwa Fieber?«

»Ach was, Hu Ying, du übertreibst.«

»Das glaube ich nicht. Du solltest dich testen lassen. Vergiss nicht, du warst bei deinem Neffen in Wuhan, bevor wir abgereist sind.«

»Das ist doch lächerlich.« Bailong schüttelte den Kopf. »Nur, weil ich mich nicht gut fühle, heißt das noch lange nicht, dass ich dieses neue Virus habe. Außerdem verlieren wir dadurch viel Zeit. Was werden Zhu Minh und die anderen sagen?«

»Bailong.« Yings Miene war streng. »Wie lange kennen wir uns bereits?«

»Seit ich meine Frau geheiratet habe. Fünfzig Jahre?«

»Es sind einundfünfzig. Und wenn ich etwas von dir weiß, dann dass du ein starrköpfiger Eigenbrötler bist. Hast du schon mal daran gedacht, dass du mit einer ansteckenden Krankheit auch uns gefährden könntest? Du solltest dir das gut überlegen.«

Bailong blickte zur Seite und starrte auf den Eiffelturm, der ihm auch jetzt keine positive Gemütsregung entlocken konnte. Gut, dann ließ er sich eben testen. Was war schon groß dabei? Sie verloren ein paar Stunden ihrer Reisezeit und danach hatte er endlich Ruhe vor Yings übertriebenen Mutterinstinkten.

29. China, Wuhan, Sitz der Stadtregierung
Mittwoch, 22. Januar 2020, 09:00 Uhr

»Die meinen das ernst.« Bürgermeister Chen Qishan legte das Mobiltelefon beiseite und zupfte nervös an seinem Spitzbart. »Das gefällt mir nicht.«

»Es war abzusehen.« Xu Yongwei, der Leiter der städtischen Gesundheitsbehörde, saß auf einem Stuhl und hatte die Beine übereinandergeschlagen. »Die Partei möchte um jeden Preis verhindern, dass sich so etwas wie die SARS-Epidemie wiederholt.«

»Und ausgerechnet jetzt kommen sie darauf, alles abzuriegeln?« Chen Qishan schnaubte. »Wie lange wissen wir von den Infektionen? Seit einem Monat?«

»Am sechsundzwanzigsten Dezember habe ich das erste Mal von einer möglichen neuen Lungenkrankheit erfahren. Eine Medizinerin vom Institut für Virologie hat Proben von Patienten im Zentralkrankenhaus genommen. Ihr Name ist Huang Mai-Lin. Sie hat ein paar Tage später Bekanntschaft mit der Zensurbehörde gemacht, weshalb auch wir uns zurückgehalten haben.«

»Und gleichzeitig kommt ein Team der nationalen Seuchenschutzbehörde in die Stadt. Wie passt das zusammen?«

Xu Yongwei zuckte die Schultern. »Unser Part war erledigt, als wir am ersten Januar den Fischmarkt geschlossen und desinfiziert haben. Zu diesem Zeitpunkt war noch nicht klar, welche Ausmaße die Sache annehmen wird.«

»Es hätte klar sein müssen – spätestens eine Woche darauf, als das neue Virus identifiziert worden ist. Aber noch vor vier Tagen haben sich in der Stadt vierzigtausend Familien anlässlich des Neujahrsfestes versammelt, vierzigtausend!« Chen Qishan wandte sich Huang Longmao zu, dem

Chef der Polizeibehörde. »Weshalb hat das niemand verhindert?«

Der Superintendent verbeugte sich steif. »Mit Verlaub, es gab keine entsprechende Anweisung.«

Chen Qishan schüttelte missmutig den Kopf. »Dafür sind die Anweisungen jetzt umso deutlicher. Einstellung des gesamten öffentlichen Verkehrs, Schließung von Museen und Bibliotheken, Streichung sämtlicher Flüge; außerdem darf niemand die Stadt verlassen. Und an diesem neu eingerichteten Koordinierungszentrum für die Eindämmung der Epidemie sind wir nur indirekt beteiligt. Das alles gefällt mir ganz und gar nicht.«

»Uns bleibt keine Wahl«, betonte Huang Longmao. »Meine Offiziere sind angewiesen, alle erforderlichen Maßnahmen bis morgen früh umzusetzen. Wir können dazu beitragen, dass diese Epidemie nicht noch schwerwiegendere Ausmaße annimmt.«

Chen Qishan schwieg einen Moment. »Aber was bedeutet das für uns und unsere Stadt?«

»Es bedeutet, dass ab morgen gar nichts mehr geht. Alles Weitere liegt nicht in unserer Hand.«

30. Österreich, Wien, Nationalpark Lobau
Mittwoch, 29. Januar 2020, 12:00 Uhr

»Wir hatten beim Spazierengehen schon mal besseres Wetter.« Patricia rümpfte die Nase und wich einer der Pfützen aus, die den geschotterten Pfad säumten.

»Vorhin hat doch kurz die Sonne geschienen.« Paul lächelte. »Im Vergleich zu den letzten Tagen ist das heute ein Prachtwetter.«

»Stimmt auch wieder. Andauernd dieser Hochnebel, das ist ziemlich frustrierend.«

»Biegen wir hier ab?« Paul deutete auf einen Trampelpfad, der vom Hauptweg abzweigte und sich im Wald verlor.

»Meinetwegen. Aber in zehn Minuten kehren wir um, ich habe Hunger.«

Sie verließen die Forststraße und folgten dem verschlungenen Pfad ins Dickicht hinein. Sie waren noch keine fünfzig Schritte weit gekommen, als Patricia verharrte und Pauls Arm ergriff.

»Schau, dort!«

Paul folgte ihrem Fingerzeig und sah gerade noch, wie zwei Wildschweine über eine Lichtung flitzten, ein Grunzen ausstießen und im Unterholz verschwanden.

»So eine Schweinerei«, entfuhr es Paul.

Patricia kicherte und drückte ihrem Freund einen Kuss auf den Mund. »Wenn wir heimkommen, können wir schweinische Sachen machen.«

»Bin dabei. Und wir müssen feiern – immerhin ist unsere Wohnung fertig eingerichtet.«

Patricia gab Paul einen weiteren Kuss und umarmte ihn. »Danke für die Wohnung. Danke, dass du nach Wien gekommen bist. Danke für alles.«

Pauls Gedanken schweiften ab, schürften tiefer, so wie sie es oft taten, wenn er in der Natur unterwegs war. Patricia hatte ihn nicht nur von einem Weg abgebracht, der früher oder später ins Verderben – oder wenigstens ins Burnout – führen musste, sie war auch der Grund, weshalb er, das erste Mal seit dem Tod seiner Mutter, wieder an etwas *glaubte*. Paul war davon überzeugt, dass es kein Zufall war, dass sie sich an jenem nebeligen Februarmorgen vor fast einem Jahr begegnet waren. Zwar sträubte er sich weiterhin, an einen Gott zu glauben, wie es Patricia tat, aber es schien ihm doch angebracht, eine lenkende Kraft anzunehmen, die ihm einen wohlwollenden Stups gegeben hatte; oder eher einen Faustschlag mitten ins Gesicht. Aber das war gut so – alles war gut, solange er mit Patricia zusammen sein konnte und sie ihn akzeptierte, wie er war.

»Ich liebe dich«, sagte Paul.

»Und ich liebe deine Kontoauszüge.«

Pauls Mimik musste wohl mehr als einfältig wirken, denn Patricia brach in schallendes Gelächter aus. Als sie sich wieder beruhigt hatte, umfasste sie Pauls Gesicht und küsste ihn lang und innig.

»Du bist so leicht aus der Fassung zu bringen, herrlich.«

»Jaja, schon gut.« Paul merkte, dass er eingeschnappt klang. »Bald habe ich ein paar Tage Ruhe vor dir und deinen Späßen. Wann fliegt ihr noch mal?«

»Am einundzwanzigsten Februar – ist das der Freitag? Egal, du wirst schon merken, wenn ich fort bin.« Patricia grinste.

»Das merke ich bestimmt.« Paul lächelte ebenfalls. »Und du wirst feststellen, dass Norditalien ohne mich ganz anders ist, als du es dir vorgestellt hast.«

31. China, Wuhan, Zentralkrankenhaus
Freitag, 31. Januar 2020, 10:00 Uhr

Mai-Lin starrte an die Decke der Isolationskammer und bemitleidete sich selbst. Weshalb hatte sie sich bloß testen lassen? Und warum, zum Henker, war das Ergebnis positiv gewesen? Hatte sie bei den Patienten nicht alle erdenklichen

Sicherheitsmaßnahmen eingehalten, stets Mundschutz oder sogar einen Ganzkörperanzug getragen und ihre Hände so oft desinfiziert wie nie zuvor?

Das Unangenehme an der Sache war, dass die Infektion bei ihr keinen leichten Verlauf genommen hatte. Inzwischen lag sie mit einer ausgewachsenen Lungenentzündung auf der Intensivstation, fühlte sich matt und kraftlos. Jede Bewegung verursachte ihr Schmerzen, sie hatte hohes Fieber und das Atmen fiel ihr schwer. Yanzhous Befürchtung war eingetroffen und das Virus hatte Mai-Lins geschwächte Lunge befallen. Die Virologin bereute ihre vielen Jahre als starke Raucherin und dass sie damals nicht früher zu einem Arzt gegangen war. Doch es brachte nichts, Dinge zu bedauern, die sie nicht ändern konnte.

Jemand betrat das Krankenzimmer. Mühsam drehte Mai-Lin den Kopf. Obwohl die Person einen Vollschutzanzug trug, erkannte Mai-Lin sie sofort. Es war Yanzhou, ihre Freundin vom Institut.

»Wie geht es dir?«, fragte Yanzhou vorsichtig.

»Es geht.« Mai-Lin verzog die Lippen zu einem Lächeln. »Die Ärzte sagen, ich bin stabil.«

»Das freut mich zu hören. Ich soll dir beste Genesungswünsche von Wu Tuan und allen anderen ausrichten.«

»Danke. Wie sieht es bei dir aus?«

»Mein Test war wieder negativ.«

»Gott sei Dank.« Mai-Lin sank in ihr Kissen zurück. »Es war meine größte Sorge, dass ich dich angesteckt haben könnte. Wie geht es Wu Tuan?«

»Er befindet sich in Quarantäne, sein Krankheitsverlauf ist mild. Er spricht andauernd davon, dass sie ihn entlassen sollen, damit er seine Forschungen weiterführen kann. Der Kerl kann ganz schön nerven, wenn er aufgebracht ist.«

»Kann man ihm einen Vorwurf machen? Ich würde auch vieles darum geben, nicht vom Rest der Welt …«, ein Husten ließ Mai-Lin innehalten, »… abgeschottet zu sein und an den Geschehnissen teilhaben zu können.«

»An deiner Stelle würde ich mir das nicht wünschen. Seitdem die Stadt abgeriegelt ist, haben wir ernsthafte Probleme, an unsere Arbeitsplätze zu gelangen. Wie es heißt, plant die Zentralregierung bereits verschärfte Maßnahmen, unter anderem eine Ausgangssperre für die gesamte Provinz.«

Mai-Lin hustete und fuhr sich über die schweißbedeckte Stirn. »Glaubst du, das alles wäre abwendbar gewesen, wenn wir früher reagiert und die anderen informiert hätten?«

Yanzhou schüttelte den Kopf. »Nein. Darüber habe ich mir schon oft den Kopf zerbrochen. Aber als du mir Ende Dezember von deiner Vermutung erzählt hast, war es wirklich nicht mehr als das – eine Vermutung. Wer hätte ahnen können, worum es sich tatsächlich handelt, und dass dieses Virus noch aggressiver ist als SARS? Niemand, Mai-Lin, niemand. Der Erreger hat uns völlig unvorbereitet getroffen. Ich möchte gar nicht wissen, welche Auswirkungen er noch haben wird.«

32. Deutschland, München, Maxvorstadt
Montag, 03. Februar 2020, 17:00 Uhr

»Oje«, sagte Magda, als sie zur Tür hereintrat. »Du hast schon mal besser ausgesehen.«

Sofort spürte Leonie Tränen in den Augen. »Ich kann nicht mehr«, flüsterte sie. »Valerian, er … und in der Arbeit, da …«

Leonie unterbrach sich, als sie zu schluchzen begann. Magda trat wortlos näher und nahm sie in den Arm.

»Ich möchte so gern mal allein im Wald spazieren gehen«, murmelte Leonie. »Das hat mir früher immer geholfen. Aber hier in München ... Selbst auf den entlegensten Waldwegen trifft man auf Menschen.«

Magda schob Leonie von sich und musterte sie mit ernster Miene. »Wie wäre es, wenn du dir eine Auszeit nimmst? Ein, zwei Monate unbezahlten Urlaub, um die Ärgernisse der letzten Zeit hinter dir zu lassen.«

Leonie schüttelte verwirrt den Kopf. »Wie stellst du dir das vor? Ich kann es mir nicht leisten, zwei Monate kein Einkommen zu haben. Die Alimente reichen bei Weitem nicht aus. Davon abgesehen kann ich nirgendwo hinfahren, das wäre zu teuer. Was soll ich überhaupt machen, so ganz allein? An Valerians Launen verzweifeln?«

»Wer hat behauptet, dass du die Auszeit allein nehmen sollst?«

»Du meinst ...«

»Mein Vorschlag lautet: Wir fahren alle gemeinsam zu meinen Eltern nach Tirol. Du und Valerian, ihr könnt im Haus wohnen, das kostet euch nichts. Dort hast du alles, was dir hier in München fehlt – Ruhe, Natur, freundliche Menschen und einen ordentlichen Tapetenwechsel, der dir nur guttun kann.«

»Aber ... Was werden deine Eltern sagen?«

»Die werden sich *an Haxn ausgfrein*, wie es in Tirol heißt. Meine Mutter hat bittere Tränen vergossen, als ich nach München gezogen bin. Glaub mir, wenn ich mit dir und deinem kleinen Wonneproppen bei ihnen auftauche, wollen sie uns gar nicht mehr weglassen.«

»Ich weiß nicht, Magda. Selbst wenn ich das mit der Arbeit vereinbaren kann – es klingt schon etwas … radikal.«

Magda lachte. »Findest du? Ehrlich gesagt halte ich es für weitaus radikaler, nichts ändern zu wollen. Du weißt doch: Alles fließt. Wer versucht, sich gegen den Strom zu stemmen, der kann nur verlieren.«

»Mal angenommen, ich gehe auf deinen Vorschlag ein. Wann möchtest du fahren? Im Sommer?«

Magda lachte erneut. »Nein, meine Liebe. Besser gestern als heute.«

»Aber …«

»Spätestens am einundzwanzigsten Februar.«

»Einen Tag vor deinem Geburtstag?«

»Genau. Ich lasse mir doch nicht die Gelegenheit entgehen, vom ganzen Dorf gefeiert zu werden.«

33. China, Wuhan, Zentralkrankenhaus
Samstag, 08. Februar 2020, 10:00 Uhr

Am Ende des Regenbogens finden wir kein Glück, sondern ein grelles Licht, das uns den Atem raubt.

Mai-Lin wusste nicht, woher diese Eingebung kam. Was sollte sie überhaupt bedeuten? Sie sah keinen Regenbogen. Sie erblickte nur flimmernde Schatten, wogende Schlieren, vernahm grollenden Donner und ein auf- und abschwellendes Heulen. Mai-Lins Hals schmerzte, sie schmeckte etwas Metallenes, Scharfes. Ihre Gedanken bewegten sich zäh wie Baumharz, klebten fest und wollten sich nicht mehr lösen.

Die Zeit verstrich. Mai-Lins Welt versank in Farben, Formen und undefinierbaren Geräuschen. Ihr Körper ließ sie zunehmend im Stich und ihr Geist verlor sich in einem flackernden Fieberwahn. Immer wieder sah sie Bilder vor ihrem inneren Auge aufblitzen, verknüpfte Gedanken und Erinnerungen zu neuen Erkenntnissen, schuf sich ihre eigene, befremdliche Realität.

Die Fallzahlen, sie steigen … Schweben empor wie Fledermäuse … Es gibt keine Fledermäuse mehr … Die Ärzte … Man treibt sie auf den Markt … Wer ist der Überträger? … Wo sind die Empfänger? … Yanzhou, sie lächelt … Meine Eltern sehen mich an … Alle weinen, wie traurig … Die Sterne brummen … Es sind Maschinen … Sternenmaschinen … Eine Seuche kommt, das Geschenk an die Welt … Wir sterben … Darf ich leben? … Das Licht, so hell … Macht es aus … Brennt in den Augen … Brauche … Schatten … Gebt mir … Ruhe … Ruhig … Seid still … Alle … Seid still …

Die letzten Gedanken entglitten Mai-Lin und eine allumfassende Schwärze legte sich auf ihr Bewusstsein. In den Mittagsstunden erlitt sie ein akutes Lungenversagen, alle Wiederbelebungsmaßnahmen blieben erfolglos. Sie starb im Alter von sechsundfünfzig Jahren an einer Viruserkrankung, die wenige Tage später von der Weltgesundheitsorganisation WHO ihren offiziellen Namen erhielt: COVID-19.

34. Österreich, Tirol, Innsbruck, Landesforstdienst
Montag, 17. Februar 2020, 09:00 Uhr

Reinhard spürte, dass ihm Ungemach drohte, schon als er das Amtsgebäude betrat. Dabei schien alles wie sonst – der Portier grüßte ihn freundlich, genauso wie einige Kollegen, die er persönlich kannte. Die Stimmung war ruhig, wie nicht anders an einem Montag nach den Semesterferien zu erwarten. Er vernahm Gelächter und das Geklapper von Geschirr, nirgends zeigten sich Anzeichen für Hektik oder Erregung.

Dennoch war sich Reinhard sicher, dass etwas nicht stimmte. Er betrat die Abteilung, marschierte am Tisch der Sekretärin vorbei, richtete den Blick auf die Tür zu seinem Bürozimmer ...

»Herr Moser.« Frau Baumgartner sah ihm offen ins Gesicht und lächelte. »Sie sollen zu Wendelin Sonnberg kommen. Sofort.«

Reinhard hielt inne. Seine vorherige Missempfindung verstärkte sich. Etwas war ganz und gar nicht in Ordnung. Seit seiner deutlichen, unmissverständlichen Worte vor einigen Wochen hatte Frau Baumgartner die Nähe zu ihm gemieden, war jeder Konfliktsituation aus dem Weg gegangen und hatte kein einziges Mal den Augenkontakt gewagt. Ihre Angst war direkt greifbar gewesen, jedes Mal, wenn sich Reinhard ihr näherte; und das gefiel ihm. Je tiefer die Furcht schürfte, die ihren unterbemittelten Geist gefangen hielt, desto weniger Probleme konnte sie ihm bereiten.

Zumindest war er bislang dieser Meinung gewesen. Aber offensichtlich hatte er die Sekretärin unterschätzt. In ihrem Blick standen Siegesgewissheit und eine süffisante, hämische Freude. Eine Ahnung stieg in Reinhard empor – und die Erkenntnis, dass ungute Neuigkeiten bevorstanden.

Reinhard wandte sich kommentarlos ab und klopfte an die Tür zum Büro seines Vorgesetzten.

»Herein.«

Reinhard trat in das Zimmer und wandte sich Wendelin Sonnberg zu, der hinter dem Schreibtisch vor dem Bildschirm seines Rechners saß.

»Sie wollten mich sprechen?«

»Ja, allerdings.« Wendelin befingerte die Brille auf seiner Nase und musterte Reinhard mit einem ernsten Blick. »Ich werde nicht um den heißen Brei herumreden: Frau Baumgartner möchte gegen Sie eine Klage wegen Verleumdung und sexueller Belästigung einbringen.«

»Wie bitte?«

»Sie behauptet außerdem, Sie haben ihr offen mit dem Umbringen gedroht.«

»Das ist doch …« Reinhard rang nach Luft. »Herr Sonnberg, diese falsche Schlange will doch nur …« Er brach ab, bändigte seine aufkeimende Wut und fuhr fort: »Ich kann nur sagen: Ihre Anschuldigungen sind unwahr und haltlos.«

Wendelin nickte abwesend. »Hm, ja. Wie erwartet steht Ihr Wort gegen das von Frau Baumgartner. Sie verstehen hoffentlich, dass dies eine heikle Situation ist.«

Reinhard schwieg, aber er spürte, wie er beständig unruhiger wurde. Ihm war danach, einen Baseballschläger zu schnappen und das Interieur des Büros in Kleinholz zu verarbeiten.

»Ich möchte versuchen, das intern zu klären«, betonte Wendelin. »Frau Baumgartner rückt nicht von ihren Anschuldigungen ab, daher werde ich die für solche Fälle eingerichtete Untersuchungskommission des Landes informieren. Bis zum Abschluss der Erhebungen muss ich Sie bitten, daheim zu bleiben.«

Reinhard versteifte sich. »Ich bin suspendiert?«

Auf Wendelins Zügen zeigte sich Bedauern. »Mir bleibt keine andere Wahl. Auch wenn ich Frau Baumgartners Vorwürfen keinen Glauben schenken will, muss ich den Frieden in meiner Abteilung wahren. Ich hoffe aber, dass sich die Angelegenheit gütlich regeln lässt und sich bald in Wohlgefallen auflöst.«

Oh ja, schoss es Reinhard durch den Kopf. *Und ob sich die Angelegenheit regeln lässt.*

35. China, Wuhan, Jianghan
Mittwoch, 19. Februar 2020, 14:00 Uhr

»Herr Oberleutnant, ich habe einen.« Unteroffizier Jintao Xi wandte sich seinem Vorgesetzten zu und deutete auf den Monitor vor sich. Zu erkennen war eine schmale Straße in der Vogelperspektive und ein einzelner fahrender Pkw.

Der Oberleutnant trat näher. »Ein Privatfahrzeug?«

»Korrekt.«

»Können wir den Fahrer identifizieren?«

»Wir haben keine ID. Hat womöglich sein Smartphone nicht bei sich.«

»Das sind bereits zwei Ordnungswidrigkeiten. Fliegen Sie näher heran. Wo befinden wir uns?«

»Westlich des Zhongshan Parks. Er fährt auf der Wansongyuan Straße Richtung Süden.«

Der Pkw hielt an und die Fahrertür öffnete sich. Ein Mann mit Schirmmütze stieg aus.

»Identifizierung durchführen«, sagte der Oberleutnant.

Xi ließ die Drohne tiefer sinken, bis sie sich nur noch drei Meter über dem Boden und vielleicht zwanzig Schritte hinter dem Unbekannten befand. Xi tippte gegen sein Ohr und aktivierte damit die Freisprecheinrichtung seines Bluetooth-Mikrofons: »Hier spricht die Militärpolizei. Bleiben Sie, wo Sie sind. Sie haben Überschreitungen gemäß der Epidemieverordnung begangen. Die nächste Polizeieinheit wurde informiert. Warten Sie auf ihr Eintreffen.«

Xi sah, wie der Mann bei den ersten Worten erstarrte und den Kopf herumriss. Er hatte die Drohne bislang nicht bemerkt. Seine Augen wurden groß, unverständliche Laute drangen über seine Lippen. Er linste zu seinem Fahrzeug, vollzog eine abwehrende Handbewegung.

»Die Gesichtserkennungssoftware hat einen Treffer ergeben«, meldete Xi. »Es handelt sich um Wenliang Ren, wohnhaft in der Sanyanqiao Straße im Ortsteil Hongqiaocun. Er trägt auch keine Maske.«

»Was sagt sein Status?«

»Steht auf gelb.«

»Gut.« Der Oberleutnant trat zurück. »Das sind bereits mehrere Verstöße. Gehen Sie sicher, dass der Mann keinen Fluchtversuch unternimmt, bis die Beamten eintreffen. Fall übergeben und Befliegung fortsetzen.«

Xi nagte an seiner Unterlippe, als sich der Oberleutnant entfernte. Er glaubte nicht, dass es sein Vorgesetzter mitbekommen hatte; und wenn, hätte es ihn wohl kaum bekümmert. Auf der Rückbank des Pkw saßen zwei kleine Kinder. Als die Stimme aus dem Lautsprecher der Drohne gedrungen war, hatten sie aus dem Wagen springen wollen, aber der Mann – ihr Vater? – konnte sie davon abhalten. Was freilich nichts an dem weiteren Geschehen ändern würde. Fünf, vielleicht zehn Minuten blieben den Kindern noch, dann verloren sie ihren Vater. Womöglich für immer.

36. Österreich, Tirol, Landeck, Kaunerberg
Mittwoch, 19. Februar 2020, 16:00 Uhr

»Willkommen in der schönsten Gegend Tirols«, sagte Magda, zog den Zündschlüssel ab und warf Leonie ein frivoles Lächeln zu. »Nicht erschrecken, wenn du aus dem Wagen steigst.«

Sofort fühlte Leonie einen Anflug von Unbehagen. »Erschrecken? Was meinst du?«

Magdas Grinsen wurde breiter. »Es ist die Luft. Tief einatmen.« Sie riss die Fahrertür auf und deutete Leonie, es ihr gleichzutun.

Freiheit. Das war Leonies erster Gedanke, als die kühle, frische Bergluft in ihre Lungen drang. Sie glaubte nicht, dass sie jemals zuvor eine solch unverfälscht klare Atmosphäre erlebt hatte, die mit dem Duft nach Gras, Wald und feuchtem Schnee angereichert war.

»Mama?« Valerian rekelte sich im Kindersitz auf der Rückbank und warf seiner Mutter einen verschlafenen Blick zu.

»Alles gut, mein Schatz«, murmelte Leonie und hob ihren Sohn aus der Babyschale. »Wir sind jetzt in Österreich.«

Dafür, dass sie eigentlich am frühen Vormittag hatten losfahren wollen, war es mehr als spät geworden. Erst nach Mittag hatten sie die Wohnung endgültig verlassen. Hingegen war die Fahrt mit weniger als drei Stunden durchaus erträglich gewesen – auch deshalb, weil Valerian fast die ganze Zeit geschlafen hatte.

Leonie betrachtete die umliegende Landschaft. Die Sonne stand tief am Himmel, beschien den Berghang mit seinen von Schneeresten bedeckten Wiesen und Waldstücken, beleuchtete die einzeln oder im Verbund stehenden Gehöfte der Ortschaft. Die Gegend hier war definitiv sehr ländlich; also genau das, was sie im Moment brauchte.

Bei dem Gebäude vor ihnen handelte es sich um ein großes, schmuckes Einfamilienhaus in Alpenbauweise mit Terrasse und gepflasterter Abstellfläche davor. Ein hölzerner

Balkon zog sich im ersten Stock die gesamte Frontseite des Gebäudes entlang und musste einen herrlichen Ausblick auf das Tal und die Berge bieten.

In diesem Moment öffnete sich die Eingangstür des Hauses und zwei Personen traten ins Freie, wie sie unterschiedlicher kaum sein konnten: die Frau klein gewachsen und kräftig gebaut mit runden, roten Backen und schulterlangen, dunklen Haaren, der Mann groß und hager, mit letzten weißen Haarresten am Kopf und einer eckigen Brille auf der Nase.

»Magda, meine Liebe!« Das einnehmende Lächeln der Frau war Leonie auf Anhieb sympathisch. »Schön, dass ihr da seid.«

»Das sind Karin und Johannes, meine Eltern«, stellte Magda die beiden Erwachsenen vor und umarmte sie. »Meine Freundin Leonie kennt ihr ja bereits.«

»Und du bist Valerian, nicht wahr?« Karin zwinkerte dem Kleinen zu. »Ein süßer Fratz.«

Er lächelt, stellte Leonie fest, als sie Valerian einen Blick zuwarf. *Das tut er gewöhnlich nicht bei Fremden. Ein gutes Zeichen.*

»So ein großer Junge«, sagte Johannes und lächelte ebenfalls. »Mag er Tiere? Wir haben Katzen, Ziegen und einen dauernd plappernden Papagei.«

»Oh ja, Valerian liebt Tiere.«

»Jetzt kommt einmal herein.« Karin zog die dünne Weste enger um ihre Brust. »Ist doch kalt hier draußen.«

»Aber fast kein Schnee«, bemerkte Magda. »Das gab es früher im Februar nicht.«

»Es wird eben laufend wärmer.« Johannes deutete auf eine für Leonie undefinierbare Maschine mit einem horizontalen, schneckenförmigen Metallgewinde, die neben der Garage stand. »Die Schneefräse habe ich diesen Winter noch kein einziges Mal gebraucht.«

»Wisst ihr schon, wie lange ihr bleiben werdet?« Karin ließ sich nicht davon abbringen, ihrer Tochter mit dem Gepäck zu helfen, und trug zwei Taschen nach drinnen.

»Mal sehen.« Magda schob ihren Koffer in den Vorraum. »Ich habe meine Praxis bis Ende März geschlossen und Leonie konnte für sich einen sechswöchigen Urlaub herausschlagen.«

»Unbezahlten Urlaub«, betonte Leonie. Sie setzte Valerian im Vorraum ab, der umgehend daranging, dem Schirmständer einer genauen Inspektion zu unterziehen.

Magda blickte zu ihren Eltern und lächelte. »Danke für eure Bereitschaft, dass wir temporär bei euch einziehen dürfen. Ich habe Leonie gesagt, dass sie sich bei euch wie zu Hause fühlen soll.«

Auf Karins Gesicht erstrahlte eine zweite Sonne. »Selbstverständlich. Wir freuen uns, dass ihr da seid – und das könnt ihr, so lange ihr wollt.«

37. Österreich, Flughafen Wien-Schwechat
Freitag, 21. Februar 2020, 10:00 Uhr

»Lass mich endlich los, du Schuft«, murmelte Patricia und tippte Paul spielerisch auf die Nase.

»Auf gar keinen Fall.« Paul grinste, beließ seine Hände an den Hüften seiner Freundin und drückte ihr stattdessen einen sanften Kuss auf die Stirn. »Ich möchte dir in den letzten Sekunden so nahe sein, wie irgendwie möglich.«

»Du klingst, als würden wir uns eine halbe Ewigkeit nicht sehen.«

»Für mich ist es eine halbe Ewigkeit.«

»Es sind neun Tage, du Wurst.«

»Na gut, dann eben eine viertel Ewigkeit.«

»Blödmann.« Patricia küsste Paul auf den Mund. »Wir sollten wirklich gehen, die Sicherheitskontrolle dauert bestimmt ewig.«

»Wenn's sein muss.« Paul löste sich von seiner Freundin und trat einen demonstrativen Schritt zurück. Er wandte sich Sofia zu, die abwartend – und augenscheinlich etwas desinteressiert – neben ihnen stand und ihre roten Haare zwirbelte. »Tut mir leid für die Verzögerung, jetzt bin ich fertig mit ihr.«

»Na hoffentlich«, brummte Sofia und kaute missmutig auf ihrem Kaugummi herum. »Patricia hat recht – du bist anhänglicher als ein Sack Flöhe.«

Paul zog die Augenbrauen hoch und blickte zu seiner Freundin. »Das hast du gesagt?«

Die Angesprochene grinste. »Stimmt es denn nicht?«

»Patricia, ich …«

Sie hob die Hand. »Das war ein Scherz, Paul. Manchmal bist du ein wenig … zutraulich, aber damit komme ich gut klar. Ich will hoffen, du stürzt dich nicht gleich von einer Brücke, wenn wir uns jetzt ein paar Tage nicht sehen.«

»Habe ich nicht vor. War ja früher nicht anders, als wir noch unsere Fernbeziehung hatten.«

»Ach ja, das waren schöne Zeiten.«

»Prinzessin, ich …«

Patricia grinste erneut. »Du bist manchmal so sensibel, herrlich. Nein, es ist alles gut. Ich hoffe, bei dir auch?«

Paul warf seiner Freundin ein warmes Lächeln zu. »Ja, das ist es. Ich wünsche euch alles Gute und habt ordentlich Spaß. Italien wartet auf euch.«

Sie umarmten sich ein letztes Mal, dann traten Patricia und Sofia durch den Flugkarten-Checkpoint und marschierten in Richtung Sicherheitskontrolle. Patricia wandte sich noch einmal um, warf ihrem Lebensgefährten einen letzten Blick zu. Sie lächelte, winkte – und verschwand mit Sofia in der Menschenmenge.

Paul atmete tief aus und ein, unterdrückte den Drang, sein Mobiltelefon hervorzuziehen und Patricia anzurufen; oder ihr zumindest eine Nachricht zu schicken. Er wusste, dass er das nicht tun sollte und seiner Freundin die Freiheit lassen musste, die sie benötigte. Wie wäre er wohl mit vierundzwanzig gewesen, hätte er da jemals seine Unabhängigkeit gegen eine feste Beziehung eingetauscht? Niemals. Selbst vor zwei Jahren wäre dies für ihn noch unvorstellbar gewesen – und immerhin wurde er bald vierzig. Er durfte nicht vergessen, dass er sich lange Zeit gegenüber seinen Partnerinnen unverantwortlich und egoistisch gezeigt hatte. Im Gegensatz zu ihm war Patricia ein Engel. Er hatte keinen Zweifel daran, dass sie ihm treu bleiben würde und sich darauf freute, ihn wiederzusehen. Aber bis dahin musste er seine geliebte Nachtigall fliegen lassen. Wie hieß es nicht so schön? *Wenn du etwas liebst, lass es frei; kommt es zu dir zurück, gehört es dir.*

Paul wandte sich schwungvoll um und trat auf den Ausgang zu. Er war erfüllt von guter Laune und Tatendrang – also wurde es Zeit, seine Energie in die Expansion und das Marketing der Firma zu investieren; denn nur mit Fleiß und einer gehörigen Portion Überzeugungskraft konnte es gelingen, Tennisstar Dominic Thiem für ihre Proteinriegel-Werbekampagne zu gewinnen.

38. Österreich, Tirol, Telfs

Freitag, 21. Februar 2020, 18:00 Uhr

Reinhard schnellte hoch und wäre beinahe vom Sofa gefallen, als die Türklingel ertönte. Da war er doch tatsächlich beim Lesen der Zeitung eingeschlafen. Das passierte ihm gewöhnlich nie. Reinhard war überzeugter Frühaufsteher und Früh-zu-Bett-Geher. Dem von manchen Menschen in hohen Tönen gelobten Nachmittagsschläfchen hatte er noch nie etwas abgewinnen können.

Reinhard gähnte und fuhr sich über den glatten Schädel. Wer wollte um sechs Uhr am Abend etwas von ihm? Reinhard hatte selten Besuch; was ihm mehr als recht war. Er behauptete von sich, wunderbar allein zurechtzukommen, auch wenn andere – beispielsweise sein Vorgesetzter Wendelin Sonnberg – nicht müde wurden, zu betonen, dass er mehr soziale Kontakte pflegen sollte.

Es klingelte erneut. Reinhard erhob sich und marschierte in den Vorraum. Er verzichtete darauf, durch den Türspion zu blicken, und drückte die Klinke hinunter.

»Herr Reinhard Moser?«

Polizeibeamte, erfasste Reinhard auf einen Blick. *Ein Mann und eine Frau. Er knapp vierzig, sie Mitte zwanzig. Beide eine halbautomatische Glock im Pistolenhalfter. Ernste Gesichter, aber nicht alarmiert.*

»Ja, bitte?« Reinhard blieb gänzlich ruhig. Weder beschleunigte sich sein Herzschlag, noch gerieten seine Gedanken in Aufruhr – genauso, wie es sein sollte.

»Kennen Sie eine Frau Hildegard Baumgartner?«, fragte der Polizeibeamte.

»Ja. Sie ist die Sekretärin meines Vorgesetzten.«

»Wie würden Sie das Verhältnis zu ihr beschreiben?«

»Angespannt. Aber ich nehme an, Sie wissen von meiner Suspendierung und dass Frau Baumgartner mehrere Anschuldigungen gegen mich erhebt.«

»Das ist korrekt. Unter anderem sollen Sie ihr mit körperlicher Gewalt gedroht haben.«

»Ich möchte betonen, dass das nicht wahr ist.«

»Wo waren Sie gestern Vormittag zwischen zehn und zwölf Uhr?«, warf die Polizistin ein.

Die beiden sind unbesorgt, stellte Reinhard fest. *Alles im grünen Bereich.*

»Daheim. Ich habe im Garten gearbeitet und war danach einkaufen.«

»Kann das jemand bezeugen?«

Jetzt konnte sich Reinhard ein Grinsen nicht verkneifen. »Wird das ein Verhör? Dann wäre es nett, wenn Sie mir vorher meine Rechte vortragen.«

»Beantworten Sie die Frage.«

Reinhard registrierte, dass die Polizistin mit dem Mittelfinger gegen ihren Daumen tippte und zu ihrem Kollegen linste. Reinhard hatte sie in Verlegenheit gebracht.

»Es könnte sein, dass sich jemand in der Hoferfiliale an mich erinnert.«

»Frau Baumgartner hatte gestern Vormittag einen Autounfall«, sagte der Polizeibeamte und musterte Reinhard aufmerksam. »Sie wurde verletzt und befindet sich im Landeskrankenhaus Hochzirl.«

»Das tut mir leid für sie. Ich wünsche ihr alles Gute und baldige Genesung.«

»Laut Aussage von Frau Baumgartner hat die Bremse nicht mehr funktioniert. Die Untersuchungen haben ergeben, dass die Bremsschläuche durchtrennt worden sind.«

»Tatsächlich? Das klingt verdächtig nach Marderbissen. Hatte ich auch schon bei meinem Wagen.«

Reinhard merkte die Unentschlossenheit der beiden Polizeibeamten. Womöglich hatten sie noch nie eine solche Vernehmung durchgeführt. Allein, dass sie ihn an der Türschwelle seines Hauses auszufragen begannen und mit dem Holzhammer auf den Unfall der Sekretärin sowie die beschädigten Bremsschläuche hinwiesen, war dilettantisch. Hatten die beiden noch nie einen guten Krimi gesehen und wussten nicht, wie ein Verhör zu führen war? Er beschloss, in die Offensive zu gehen.

»Möchten Sie vielleicht hereinkommen? Ich kann Ihnen Tee oder Kaffee anbieten – und einen guten, irischen Whiskey, wenn Sie einem Gläschen nicht abgeneigt sind.« Reinhard zwinkerte den beiden zu.

»Wir bedanken uns für Ihre Auskunft, aber wir müssen weiter.« Die Stimme des Polizeibeamten klang reserviert. »Noch einen schönen Abend.«

»Danke, ebenfalls.« *Und viel Spaß bei eurer ersten Schulstunde ›So werde ich ein guter Ermittler‹.* Diese Worte sprach Reinhard nicht aus, aber einen Moment lang war er tatsächlich in Versuchung, es zu tun.

Defekte Bremsen, dachte Reinhard mit Genugtuung, als er die Tür abschloss und zurück zu seinem Sofa ging. *So ein Zufall aber auch.*

39. Italien, Lombardei, A4 vor Mailand
Samstag, 22. Februar 2020, 12:00 Uhr

Alexander Maier hielt das Lenkrad so fest umklammert, dass seine Knöchel weiß hervortraten. Er bemühte sich, gelassen

zu wirken, spürte jedoch, wie sich auf seiner Stirn Schweiß-
perlen bildeten. Noch fünfzig Meter. Noch zwanzig. Wie
die Fahrzeuge vor ihm war er langsamer geworden und fuhr
nun im Schritttempo an den beiden Polizeifahrzeugen vorbei. Aus den Augenwinkeln bemerkte er den intensiven
Blick, den ihm einer der Polizisten zuwarf. Dann hatte er
den Kontrollposten passiert, trat auf das Gaspedal – und
stieß erleichtert die Luft aus. Kein Blaulicht, kein Folgeton-
horn, das war noch einmal gut gegangen.

Vor einer Stunde war er bei Padua von einer Streife aufgehalten worden. Die Polizeibeamten hatten ihn nach dem
Grund seines Aufenthalts in Italien gefragt. Alexander hatte
seinen Ärzteausweis gezückt, was glücklicherweise ausreichend war, um weiteren lästigen Fragen zu entgehen. Aber
klarerweise konnte es nicht immer so problemlos ablaufen,
gerade angesichts der momentanen Situation in der Lombardei.

Alexander fuhr von der Autobahn ab, bog auf die Via
Palmanova, wechselte zur Via Carnia Richtung Süden, umrundete den Piazzale Udine – obwohl ihm das Navigations-
system seines BMW pflichtbewusst jede Fahrtrichtungsän-
derung ansagte, hätte es diese Information nicht gebraucht.
Alexander hatte den Weg auswendig gelernt, sich jeden
Straßennamen und jede Kurve eingeprägt. Er durfte sich
nicht verfahren, nicht länger unterwegs sein, als unbedingt
notwendig. Ein Menschenleben stand auf dem Spiel. Das
Leben seiner Tochter.

Alexander erreichte die Via Ronchi und hielt am Straßenrand. Er gönnte sich zehn Sekunden, in denen er seine verkrampften Finger ausschüttelte und zweimal tief durchatme-
te.

»Maureen anrufen«, sagte er und die Bluetoothverbindung zu seinem Smartphone wurde aktiv. Wenige Sekunden später vernahm er eine wohlbekannte Stimme: »Papa?«

»Ich bin da. Habe einen Parkplatz direkt vor der Tür gefunden.«

»Super, ich bin gleich unten.«

Alexander unterbrach die Verbindung und stieg aus dem Fahrzeug. *Sieht aus wie die Gemeindebauten in Wien*, drang es in seine Gedanken, als er die umliegenden, mehrstöckigen Gebäude musterte.

Die Eingangstür des Wohnhauses vor ihm öffnete sich und ein kleines Mädchen … Falsch, eine junge, bildhübsche Frau mit langen blonden Haaren und blauen Augen trat aus der Tür, zog einen großen Koffer hinter sich her und eilte auf ihn zu.

Maureen fiel ihrem Vater um den Hals. Alexander erkannte sofort, dass sie geweint hatte. Ihr Lidschatten war verwischt und kaum sichtbare Linien aus Make-up führten ihre Wangen hinab.

»Wie geht es dir?« Alexander musterte die Züge seiner Tochter. »Fühlst du dich gesund?«

»Mir geht es gut, Papa. Aber ich habe Angst.«

»Keine Sorge, wir sind gleich in Sicherheit. Ist das dein ganzes Gepäck?«

»Ja.«

»Pass? Führerschein?«

»Hab ich alles im Rucksack, Papa.«

»Gut. Du hast dich von Antonia verabschiedet?«

»Ja. Sie findet es schade, dass ich mein Auslandssemester abbreche, aber natürlich versteht sie, dass es sicherer ist.«

»Deine Medikamente …?«

»Habe ich genommen, keine Sorge.«

»Gut. Wir brechen sofort auf.«

Alexander verlud das Gepäck in den Kofferraum und sie stiegen in den Wagen.

»Wir fahren ohne Zwischenstopp bis zur Grenze«, erklärte er. »Die Fenster öffnen wir erst wieder in Österreich.«

Maureen warf ihrem Vater einen schiefen Blick zu. »Ich bin nicht todkrank.«

»Nein, aber auch nicht gesund. Eine chronische Immunschwäche ist gefährlich, speziell bei einer neuartigen viralen Infektion. Wir dürfen kein Risiko eingehen.«

Sie verriegelten die Türen und Alexander startete den Motor des Wagens. Als sie auf die Autobahn auffuhren, erlaubte er sich das erste Mal, Erleichterung zu empfinden. Die Rettungsaktion war problemlos verlaufen. Wenige Stunden noch, dann hatte er seine Tochter aus der Gefahrenzone gebracht.

»Danke, dass du mich abgeholt hast.« Mauren drückte ihre Wange gegen die Schulter ihres Vaters. »Allein hätte ich das niemals geschafft.«

Alexander lächelte und drückte seiner Tochter einen Kuss auf die Stirn. »Ein Glück, dass die Grenzen noch offen sind.«

Maureen warf ihrem Vater einen zaghaften Blick zu. »Glaubst du, das alles … wird noch schlimmer?«

»Definitiv. Was wir momentan erleben, ist nur ein Vorspiel. Ich fürchte, wir müssen uns auf einiges gefasst machen. Europa stehen dramatische Zeiten bevor.«

40. Österreich, Tirol, Landeck, Kaunerberg
Sonntag, 23. Februar 2020, 09:00 Uhr

»Hallo, Samira.«

»Hey, Schwesterherz.« Samiras rundliches Gesicht erschien auf dem Display des Smartphones. »Wie geht es dir?«

»Hervorragend.« Leonie atmete tief durch, sog die frische Bergluft in ihre Lungen. »Ich gehe gerade spazieren und es ist so schön hier oben. Außerdem hat es bestimmt fünfzehn Grad, man braucht nicht mal eine Jacke.«

»Das klingt wirklich toll. Hier in München ist es ebenfalls warm, aber auch stürmisch durch den Föhn. Wie geht es Valerian? Hältst du ihm die Kamera hin, damit ich ihn lächeln sehen kann?«

»Ich habe Valerian nicht mitgenommen. Er ist bei Magda und ihren Eltern geblieben. Die kümmern sich so rührend um ihn. Das habe ich ausgenutzt, um mal allein sein zu können.«

»Schreit er da nicht wie am Spieß? Valerian mag Fremde doch nicht.«

»Normalerweise schon, das stimmt, aber Magda kennt er ja schon länger. Und ich habe den Eindruck, dass Karin und Johannes hervorragend mit Kleinkindern umgehen können. Ich schätze, das liegt daran, dass Magdas Brüder oft mit ihren Kindern zu Besuch gewesen sind. Gestern war Valerian mehr als eine Stunde mit Magdas Vater unterwegs und hat Ziegen gestreichelt und Schafe gefüttert.«

»Das klingt schön; und es freut mich für dich. Wie es aussieht, bekommst du in Tirol wirklich die Erholung, nach der du gesucht hast.«

»Das stimmt. Ich merke, wie gut es mir tut, in der Natur zu sein. Gestern bin ich sicher eine Stunde lang im menschenleeren Wald gestanden – ein Traum.«

»Wie geht es dir mit deinen Medikamenten?«

»Ausgezeichnet. Ich habe nichts genommen, seitdem wir am Mittwoch hier angekommen sind. Nicht einmal ein Aspirin.«

»Wow. Vielleicht sollte ich nach Tirol auswandern.«

Leonie lachte. »Ja, vielleicht. Würde dir sicher guttun, aus der Großstadt herauszukommen. War irgendetwas Wichtiges in der Post?«

»Nein, nur das Übliche, eine Menge Reklame. Ach so, eine Mitteilung vom Amtsgericht war auch dabei.«

Leonie spürte, wie ihr Herz einen Sprung tat. »Und?«

»Dein Unterhaltsanspruch hat sich erhöht. Kevin muss dir ab sofort fünfzig Euro mehr bezahlen.«

»Also hat der Sack tatsächlich die Gehaltserhöhung bekommen – gut so.«

»Ruft er dich eigentlich noch an?«

»Gott sei Dank nur selten.« Leonie betrachtete die fleckigen Schneereste vor ihr, die durch die grünbraune Färbung der Wiese aussahen wie Sahnehäubchen am Kaffee. »Es reicht mir völlig, dass er die Alimente regelmäßig überweist. Anderes Thema: Wie geht es meinen Zimmerpflanzen?«

»Du meinst die vier kümmerlichen Grasbüschel im Wohnzimmer? Den Umständen entsprechend. Ich gieße sie regelmäßig, aber erwarte dir nicht, einen Dschungel vorzufinden, wenn du zurückkommst.«

»Nein, den brauche ich auch nicht – und er würde nicht lang überleben, weil Valerian jedes erreichbare Blatt sofort ausrupft. Alles, was sich auseinandernehmen lässt, ist momentan nicht vor ihm sicher. Erst gestern hat er eine halbe

Stunde damit zugebracht, alte Zeitschriften aus einer Kiste zu fischen und in Papierschnitzel zu verarbeiten.«

»Na ja, so lange er beschäftigt ist. Wie verstehst du dich mit Magdas Eltern?«

»Ausgezeichnet. Ich habe den Eindruck, Karin und Johannes freuen sich echt über unseren Besuch. Besonders Karin kümmert sich rührend um uns – erst gestern Abend hat sie mir ein heißes Kräuterbad eingelassen, als ich gemeint habe, dass mein Rücken verspannt ist.«

»Das klingt alles fantastisch. Gönn dir die Hilfe und nimm dir ausreichend Zeit für dich selbst. Ich wünsche dir, dass die positiven Auswirkungen deiner Reise nachhaltig sind und dir für deine weiteren Lebensschritte helfen.«

Sie verabschiedeten sich voneinander. Leonie ließ ihr Handy sinken und lächelte. Samira lag völlig richtig. Sie hatte ein gutes Gefühl – nein, mehr noch: Sie fühlte sich tatendurstig, energiegeladen und euphorisch, befand sich emotional in Aufbruchsstimmung. Es gab Unmengen schöner Dinge, potenziell wundervolle Erlebnisse und Menschen, die es sich lohnte, kennenzulernen. Wie hatte sie jemals anders über ihre Existenz denken können? Das Leben war schön – und es wurde Zeit, dass sie es wieder in vollen Zügen genoss!

41. Italien, Lombardei, Mailand
Sonntag, 23. Februar 2020, 10:00 Uhr

»Echt jetzt?«, murmelte Patricia, zog eine Schnute und hielt das Display ihres Smartphones näher an ihr Gesicht.

»Was ist los?« Sofia stellte die Kaffeetasse ab und warf ihrer Freundin einen fragenden Blick zu.

»Codogno und neun umliegende Gemeinden sind abgeriegelt worden. Alle Schulen und Lokale werden geschlossen.«

»Ernsthaft? Wegen Covid-19?«

»Ja. Angeblich gibt es in der Region mehr als fünfzig Infizierte. Und sie vermuten eine hohe Dunkelziffer.«

»Hm, klingt nicht gut.« Sofia schlürfte versonnen an ihrem Kaffee.

»Ich fürchte, die Lage wird nicht so schnell besser werden.« Patricia warf einen Blick in Richtung des Arco della
Pace, des Triumphbogens auf der Piazza Sempione, der sie
an das Berliner Tor erinnerte. »Außerdem ist Codogno nicht
weit von Mailand entfernt.«

»Stimmt, das könnte unlustig werden. Vielleicht sollten
wir unser Jagdgebiet ändern. Fahren wir doch zu meiner
Familie nach Bergamo. Ist zwar nicht so eine attraktive Stadt
wie Mailand, aber es gibt genug Dinge, die man unternehmen kann.«

»Willst du uns kurzfristig bei deiner Familie einquartie-
ren?«

»Wenn du nichts dagegen hast. Das Haus meiner Großeltern ist riesig, jeder hat sein eigenes Zimmer – und sie freuen
sich, uns zu sehen. Wenn irgendetwas nicht passt, können
wir uns noch immer ein Hotel nehmen.«

»Na dann, von mir aus gern.«

In diesem Moment klingelte Sofias Telefon. Die Italiene-
rin blickte auf das Display und runzelte die Stirn. »Oje.«

»Was? Die nächste Hiobsbotschaft?«

Sofia schürzte die Lippen. »Ist meine Praktikumsstelle in
der Klinik. Da sollte ich rangehen.«

»Tu, was du nicht lassen kannst.«

Sofia presste das Mobiltelefon ans Ohr und führte ein kurzes Gespräch auf Italienisch. Patricia verstand nur wenige Wortfetzen, aber auch so bekam sie mit, dass ihre Freundin wenig erfreut war. Am Ende drückte Sofia demonstrativ auf den roten Button zur Beendigung des Telefonats und ließ ihr Handy sinken.

»Die wollen, dass ich früher wieder anfange.«

»Wie bitte?« Patricias Finger schlossen sich um ihre Kaffeetasse. »Du hast diese Woche Urlaub.«

»Keine Sorge, ich habe ihnen gesagt, dass es nicht geht. Aber offenbar sind sie wegen dieser Virussache beunruhigt und befürchten, dass die Lage außer Kontrolle geraten könnte. Sie versuchen, möglichst viele Hilfskräfte zu mobilisieren.«

»Klar, dass sie bei den unterbezahlten Medizinstudenten anfangen.«

»Das habe ich mir auch gedacht. Aber die können mich mal. Wie oft habe ich schon die Gelegenheit, mit meiner seelenverwandten Freundin eine Stadt unsicher zu machen?«

Patricia lächelte. »Eben. Also, was kann man in Bergamo so erleben?«

Sofia zwirbelte ihre roten Haare. »Es gibt da zum Beispiel einen Club, dort spielen sie super Tanzmusik – und es tauchen regelmäßig attraktive und bewegungsfreudige Männer auf.«

»Hört, hört! Da müssen wir hin. Darf ich nur nicht Paul erzählen.«

»Keine Sorge.« Sofia zwinkerte ihr zu. »Wenn du es nicht tust, wird er es von mir bestimmt nicht erfahren.«

42. Brasilien, São Paulo, Oswaldo-Cruz-Spital
Dienstag, 25. Februar 2020, 10:00 Uhr

»Das ist nicht Ihr Ernst.« Elano Perreira starrte den Arzt an, als handle es sich bei dem Mann in seinem weißen Kittel um ein Gespenst. »Sie müssen sich irren. Ich habe eine Verkühlung, nichts weiter.«

»Das Ergebnis ist eindeutig«, widersprach der Arzt, der durch seinen glatt rasierten Schädel, die runde Nickelbrille und das Stethoskop um seinen Hals wie der Inbegriff eines Mediziners wirkte. Er trug eine Chirurgenmaske, die jedoch die tiefen, schwarzen Linien unter seinen Augen nicht verdecken konnte.

Völlig überarbeitet, der Kerl, dachte Elano bei sich. *Wann er wohl das letzte Mal richtig ausgeschlafen hat?*

»Haben Sie sich in den letzten zwei Wochen in China oder Europa aufgehalten?« Der Arzt zückte ein altertümliches Klemmbrett samt Kugelschreiber.

»Ich bin gestern von einer Geschäftsreise aus Italien zurückgekehrt.«

»Hatten Sie Kontakt zu möglicherweise infizierten Personen?«

»Nicht, dass ich wüsste.«

»Haben Sie noch andere Symptome, außer dem leichten Fieber, Ihrer Abgeschlagenheit und dem Geruchsverlust?«

»Nein. Wie gesagt, im Grunde geht es mir gut.«

Der Arzt nickte. »Um eventuelle Ansteckungen auszuschließen: Hatten Sie seit Ihrer Rückkehr näheren Umgang mit anderen Menschen?«

»Da fällt mir nur meine Frau Lissandra ein.«

»Also bestand kein enger Kontakt zu weiteren Personen?«

»Nein«, log Elano. »Ich bin nach meiner gestrigen Ankunft am Flughafen sofort mit dem Taxi in die Klinik gefahren und habe den restlichen Tag und die Nacht bei meiner Frau verbracht.«

»Gut, Herr Perreira, dann sollte sich auch Ihre Frau testen lassen, nur zur Sicherheit. Wie von Ihnen gewünscht, behandeln wir Ihr Testergebnis vertraulich.«

Natürlich, dachte Elano. *Was garantiert nicht an den gestrigen zweitausend Reais liegt.*

»Gibt es etwas, das ich beachten sollte?«

»Es sieht nicht danach aus, als haben Sie einen schweren Verlauf. Schonung ist aber in jedem Fall angebracht. Wenn sich Ihr Zustand verschlechtert, können Sie jederzeit zu uns kommen.«

»Nein, was ich meine … Sollte ich mich nicht in Quarantäne begeben oder so?«

Der Arzt warf ihm einen müden Blick zu. »Das ist zweifelsohne eine gute Idee. Also ja, falls es Ihre Möglichkeiten erlauben, halten Sie eine Woche – oder besser noch zehn Tage – Abstand zu anderen Personen. Allerdings gibt es von Behördenseite keine entsprechenden Anweisungen. Es wurden ja noch nicht einmal Verhaltensrichtlinien für die Bevölkerung erstellt. Präsident Balhornos Vorgehen in dieser Sache erscheint mir ähnlich wie bei den Bränden im Amazonas.«

»Rücksichtslos?«

»Egoistisch und inhuman«, korrigierte der Arzt. »Darf ich Sie in die Eingangshalle begleiten? Dort wartet die nächste Patientin auf mich.«

Der Mediziner setzte sich in Bewegung und Elano folgte ihm. Sobald der Ausgang in Sicht kam, verabschiedeten sie sich voneinander und Elano beobachtete, wie der Arzt mit einer vollbusigen und mit Sicherheit mehrmals operierten Frau um die vierzig im Korridor verschwand.

Elano atmete tief durch und wandte sich den Schiebetüren zu. Hätte er erwähnen sollen, dass er bereits vorgestern in São Paulo angekommen war, aber die erste Nacht nicht bei seiner Frau verbracht hatte? Dass ihn zwei Prostituierte im luxuriösen Fünf-Sterne-Hotel Emiliano bei Laune gehalten hatten? Oder dass er am gestrigen Nachmittag seinen besten Freund Jamiro auf einen Drink im República-Viertel getroffen hatte – und heute auf einer Stippvisite in der Geschäftszentrale gewesen war, bevor er sich dazu hatte durchringen können, für das Testergebnis ins Spital zu fahren?

Nein, urteilte Elano und trat aus der Tür der Privatklinik. *Was soll schon groß passiert sein?*

Die Nachmittagssonne empfing ihn mit ihren wärmenden Strahlen, die Luft vibrierte und dampfte, als bereite sie sich auf ein nächtliches Gewitter vor. Es war unnötig, sich Sorgen zu machen. Das Leben bot genug Herausforderungen, auch ohne sich von einem angeblich gefährlichen Virus in Angst versetzen zu lassen. Es war der momentane Genuss, der zählte.

Elano lächelte, als er an die schnelle Nummer vorhin mit seiner Sekretärin zurückdachte. Er hatte es ihr am Schreibtisch besorgt und in sie abgespritzt. Vielleicht klappte es jetzt endlich mit seinem ersten männlichen Nachkommen.

Nach vier Mädchen wird's langsam Zeit, dachte Elano und grinste breit.

43. Österreich, Tirol, Landeck, Kaunerberg
Freitag, 28. Februar 2020, 18:00 Uhr

»Pa-gei, Pa-gei!« Valerian strahlte über das ganze Gesicht und deutete auf den Käfig, in dem sich der Papagei von Magdas Eltern befand. Er zappelte in Leonies Armen und sie beeilte sich, ihren Sohn auf den Boden zu setzen. Sofort trippelte dieser los, eilte auf die Gitterstäbe zu und beäugte den grün-rot gefärbten Vogel, der gerade dabei war, sich das Gefieder zu putzen.

»Valerian fährt total auf Coco ab." Magda lächelte und schüttelte sanft den Kopf. »Vielleicht solltest du dir in deiner Münchener Wohnung auch einen Papagei zulegen.«

Leonie verzog das Gesicht. »Auf keinen Fall. Ich habe genug mit Valerian zu tun, auch ohne ein Haustier.«

»Coco mag Cookie", krächzte der Papagei.

Valerian erstarrte, dann wandte er den Kopf seiner Mutter zu und klatschte begeistert in die Hände.

»Ich glaube, er will ihn füttern«, kommentierte Magda.

»Natürlich will er das.« Leonie grinste schief. »Damit könnte er den ganzen Abend verbringen.«

»Hier.« Karin erschien mit Kochschürze in der Tür und drückte Leonie ein Säckchen mit Erdnüssen in die Hand. »Das kann er ihm füttern.«

»Coco brav«, schnarrte der Papagei, der das Futter bereits erspäht hatte.

Valerian eilte auf seine Mutter zu und zog an ihrer Weste, als sich diese nicht sofort in die Hocke begab, um ihm eine Erdnuss zu reichen.

»Vorsichtig sein«, ermahnte Leonie. »Pass auf, dass er dich nicht zwickt.«

»Coco ist sehr behutsam.« Magda verschränkte die Arme und beobachtete mit einem Lächeln, wie Valerian die erste Nuss zwischen die Gitterstäbe schob. »Er hat noch niemanden verletzt.«

Es läutete an der Tür.

»Na endlich.« Magda verließ das Wohnzimmer und trat in den Vorraum. Leonie blickte sich nicht um, aber vernahm ein halblautes Gespräch, das mit leisem Gelächter endete. Dann war es kurz still, ein Mantel wurde aufgehängt und nähernde Schritte erklangen.

»Leonie? Wir haben Besuch.«

Die Angesprochene reichte die nächste Erdnuss an Valerian weiter und wandte sich um. In Magdas Begleitung befand sich ein Mann Anfang dreißig mit kurzen dunklen Haaren und einer modischen, weinroten Brille auf der Nase. Seine Gesichtszüge waren ebenmäßig und ein attraktives Grübchen zierte sein Kinn.

»Darf ich dir meinen Jugendfreund und Partner-in-crime Stefan vorstellen?« Magda grinste breit. »Lass dich nur nicht von seinem Charme einwickeln.«

»Oh, hallo.« Leonie spürte, wie ihr eine leichte Röte in die Wangen schoss. Sie erhob sich eilig und ergriff Stefans angebotene Hand.

»Es freut mich, dich endlich kennenzulernen.« Stefans Lächeln war sympathisch und einnehmend. In seinen dunklen Augen funkelte der Schalk. »Magda hat mir schon viel über dich erzählt.«

»Nur Gutes, will ich hoffen.«

»Selbstverständlich. Deshalb bin ich ja auch vorbeigekommen, um mich selbst von deinen Stärken und Fähigkeiten zu überzeugen.«

Und wie ich dich davon überzeugen werde, schoss es Leonie durch den Kopf und beinahe – aber wirklich nur beinahe – schämte sie sich für ihre lüsternen Gedanken. Doch war sie nicht eine ledige, junge, attraktive Frau? Sie konnte tun und lassen, was immer sie wollte. *Und mit wem immer ich will*, dachte Leonie und verkniff sich ein Grinsen.

44. Österreich, Wien, Donaustadt
Samstag, 29. Februar 2020, 09:00 Uhr

»Guten Morgen, meine Prinzessin.« Es brauchte nicht mehr als Patricias Namen auf dem Display seines Smartphones, um ihm ein Lächeln zu entlocken. »Ich habe dich vermisst.«

»Hallo, Paul. Geht es dir gut?«

Oh nein, durchzuckte es Pauls Gedanken. *Ihre Stimme klingt wie sieben Tage Regenwetter. Es muss etwas passiert sein.*

»Was ist los, mein Schatz? Bist du krank? Hast du dieses Virus? Ich habe dir doch gleich gesagt, du …«

»Nein, Paul, bei mir ist alles in Ordnung. Ich …«

»Lüg mich nicht an. Ich höre doch, dass etwas nicht stimmt.«

»Ich lüge nicht. Aber …«

»Deine Stimme klingt müde und schwach. Bitte sag mir die Wahrheit.«

»Paul, ich bin gesund.« Allmählich klang Patricias Stimme ungehalten. »Und wenn du mich ausreden lässt, erkläre ich dir alles.«

Paul schwieg einige Sekunden, um sich zu sammeln. *Ruhig Blut*, dachte er und massierte mit den Fingern seinen Nasenrücken. *Mach dich nicht selbst verrückt.*

»Geht klar. Tut mir leid, ich hätte nicht überreagieren sollen.«

»Das will ich auch meinen. Die Sache ist die: Sofia muss seit heute wieder arbeiten, weil sie sämtliches medizinisches Personal mobilisieren. Sie hat mich vorhin angerufen und gemeint, dass ich bei ihr in der Abteilung mithelfen kann.«

»Was? Ich verstehe nicht. Du landest doch morgen Nachmittag in Wien.«

»Ursprünglich wollte ich morgen zurückfliegen, genau. Aber das ist eine einmalige Gelegenheit, Paul. Was ich hier im Spital in Bergamo in kurzer Zeit lernen und an praktischem Wissen sammeln kann, das hilft mir, wenn ich nach Wien zurückkomme. Sollte das Virus auch zu uns gelangen, und das ist leider sehr wahrscheinlich, werden wir an der Notfallambulanz einiges zu tun bekommen. Wenn ich dann schon Erfahrungen mit dem Erreger, den Symptomen und Maßnahmen habe, ist das ein Vorteil für uns alle.«

Paul spürte, wie sich in seinem Hals ein pelziger Ball formierte, der Tentakel ausfuhr und damit sein Herz umfasste. »Du kannst mir auch einfach sagen, dass du jemanden kennengelernt hast.«

»Paul, verdammt! Lass den Unsinn. Ich liebe dich und würde dir das niemals antun.«

Gott sei Dank, durchfuhr es Pauls Gedanken. Abgesehen davon, dass sich Patricia infiziert haben könnte, war das sein zweitschlimmstes Schreckensszenario gewesen.

»Es ist so, wie ich sage«, betonte Patricia. »Ich möchte diese einmalige Gelegenheit nicht verpassen. Virusinfektionen haben mich schon immer interessiert und hier habe ich die Chance, als eine der Ersten Informationen und Kenntnisse zu diesem neuen Erreger zu sammeln.«

»Wir wollten in deiner zweiten Urlaubswoche etwas zusammen unternehmen.« Paul hörte selbst, dass seine Stimme verschnupft klang. Dies lag auch daran, dass er bereits drei Nächte in einem Kärntner Kuschelhotel gebucht hatte. Aber er wollte Patricia nicht unter Druck setzen, und so vermied er es, dies zu erwähnen.

»Ich weiß, Paul.« Patricias Stimme klang versöhnlicher. »Die Entscheidung ist mir nicht leichtgefallen, glaube mir. In spätestens einer Woche sehen wir uns wieder, dann bin ich ganz für dich da – und mein nächster Urlaub ist schon im April.«

»Na gut, ich verstehe dich schon. Das erinnert mich daran, dass ich Anfang Januar kurzfristig eine Woche nach Frankfurt musste. Wir hatten eigentlich ein paar Tage in der Therme geplant.«

»Eben. Du wirst sehen: Die Zeit vergeht wie im Flug.«

Trotzdem nicht schnell genug, dachte Paul. *Selbst in einem Überschalljet nicht.*

45. Österreich, Tirol, Telfs
Montag, 02. März 2020, 09:00 Uhr

»Guten Morgen, Herr Sonnberg.« Reinhard ließ die Axt sinken und drückte auf die Freisprechfunktion seines Mobiltelefons.

»Hallo, Herr Moser. Störe ich gerade?«

»Keine Ursache. Ich bin im Garten Holz hacken.«

»Regnet es denn gar nicht bei Ihnen?«

»Ein paar letzte Tropfen. Aber nasses Wetter macht mir nichts aus.«

»Sie klingen motiviert. Wie geht es Ihnen?«

Reinhard schwieg einen Moment und starrte auf sein Smartphone. Was wollte sein Chef mit diesem dämlichen Smalltalk erreichen? Das war doch sonst nicht seine Art. Zudem wirkte seine Stimme gehetzt und unsicher. *Da ist etwas im Busch*, konstatierte Reinhard.

»Ich kann nicht klagen. Und selbst?«

»Nun ja, etwas im Stress. Das ist auch der Grund, weshalb ich anrufe. Sie sind von der Untersuchungskommission bereits befragt worden, nicht wahr?«

»Ja, bin ich.« Reinhard schulterte die Axt und trat durch die Verandatür nach drinnen. »Meiner Ansicht nach konnten einige Missverständnisse ausgeräumt werden.«

»Das freut mich zu hören. Ich kann ebenfalls positive Neuigkeiten verkünden: Frau Baumgartner ist bereit, ihre Anschuldigungen gegen Sie zurückzuziehen, vorausgesetzt, sie wird in eine andere Abteilung versetzt. Ich denke, mit dieser Lösung können wir alle leben, was meinen Sie?«

Klingt wie vorgezogene Weihnachten, dachte Reinhard und musste innerlich grinsen. Mit dieser frohen Botschaft hatte er nicht gerechnet. Freilich war es besser, seine Euphorie für sich zu behalten.

»Für mich gab es nie ein Problem, aber ja – wenn die Sache damit erledigt ist, kann mir das nur recht sein.«

»Sehr schön. Das erleichtert die Sache ungemein. Um es auf den Punkt zu bringen: Wir brauchen Sie, Herr Moser. Der Ausfall von Frau Baumgartner – zuerst ihr Unfall, jetzt ihr Abgang – und die Komplikationen mit dem Waldentwicklungsplan ... Ihre Suspendierung ist mit sofortiger Wirkung aufgehoben und Sie können morgen Ihren Dienst wieder antreten.«

»Noch vor Abschluss der Untersuchungen?«

»Ja. Wie gesagt, es ist dringend – und wenn dieses neue Virus auch nach Österreich überschwappt, möchte ich gar nicht wissen, was das für Konsequenzen haben wird.«

»Da machen Sie sich mal keine Sorgen. Die Menschheit lebt seit Hundertausenden Jahren mit allen möglichen Viren zusammen und wird auch diese Mutation überstehen. Aber ja, ich komme gern morgen wieder ins Büro.«

»Vielen Dank, Herr Moser. Sie sind und bleiben einer meiner wertvollsten Mitarbeiter.«

Was auch sonst, dachte Reinhard, als er das Gespräch beendete und einen Blick zum Küchentisch warf, auf dem er vorhin einen Schalldämpfer an sein Präzisionsgewehr amerikanischer Bauart montiert hatte. *Wertvoll, leise und effizient.*

46. Österreich, Tirol, Ischgl, Après-Ski-Bar Kitzloch
Freitag, 06. März 2020, 16:00 Uhr

»Na, du siehst heute aber scheiße aus.« Johanna feixte, zeigte ihre blitzend weißen Zähne und warf den langen, blonden Zopf zurück, der ihr nicht zufällig den Spitznamen *Stute* eingebracht hatte.

Franz hätte gern in gewohnt eloquenter Weise auf die spitzzüngige Bemerkung seiner Arbeitskollegin reagiert, aber dafür war er eindeutig zu müde und zu kraftlos. Inzwischen erschien es ihm als Schnapsidee, dass er sich heute nicht krankgemeldet hatte. Leider stand das Wochenende vor der Tür und sie brauchten ihn. Auch ohne Erwins ständige Beteuerungen wusste Franz, dass keiner der anderen Barkeeper an seine Fähigkeiten herankam.

»Hat dir deine Freundin unser Hirschgeweih über der Bar aufgesetzt?«, stichelte Johanna weiter. »Oder hast du ihren sexuellen Ansprüchen nicht genügt?«

»Hör auf«, presste Franz hervor und ließ sich auf einen Barhocker fallen. Warum, zum Teufel, fühlte sich sein Kopf nur so schwer an?

»Du siehst wirklich nicht gut aus.«

Diesmal vernahm Franz keine Häme in Johannas Stimme und warf ihr einen kurzen Blick zu. »Der Husten ist schlimmer geworden. Hat mich die ganze Nacht wachgehalten. Kann sein, dass ich auch Fieber habe.«

»Und da meldest du dich nicht krank? Das ist dumm, Franz, einfach nur dumm.«

»Ohne mich seid ihr aufgeschmissen.«

Johanna lachte leise, nahm einige leere Biergläser auf und stellte sie auf die Anrichte. »Ja, rede dir das nur ein. Hans kann dich problemlos ersetzen.«

»Nicht am Wochenende.«

»Wenn du meinst. Aber so wie du aussiehst, wirst du uns keine große Hilfe sein.«

»Hm.« Franz hob den Kopf und blickte zu dem massiven Holzbalken kaum einen halben Meter über seinem Kopf empor. Normalerweise mochte er die Atmosphäre hier im Kitzloch, vor allem auch die niedere Decke und die Vollholzausstattung des Barbereichs. Franz behauptete gern, dass ihn dies gemeinsam mit dem offenen Kaminfeuer und der warmen Beleuchtung an eine wohlig eingerichtete Höhle erinnerte, so wie er sie in Kindheitstagen gern unter dem Bett oder im Schrank gebaut hatte. Heute fühlte er sich durch die Enge des Raums und das dunkle Interieur bedrängt, geradezu eingeschlossen. Ihm war, als würden die

Wände beständig weiter zusammenrücken, der Plafond sich herabsenken und die Lichter immer greller …

»Franz?«

Der Barkeeper schrak zusammen, als er Johannas warme Finger auf seiner Hand spürte. Er blickte in ihre dunklen Augen, in denen unverhohlene Sorge stand.

»Du solltest heimgehen.« Johannas Gesichtsausdruck war ernst. »Theresa hat heute ebenfalls Dienst, wir schaffen das schon.«

Franz stieß einen Laut aus, irgendwo zwischen einem unwilligen Grunzen und einem Gähnen. »Ich werde noch ein, zwei Stunden abwarten und dann entscheiden.«

»Du musst es wissen, es ist dein Körper. Ach, übrigens, hast du schon gehört? Die wollen alle Mitarbeiter von Bars und Hotels auf dieses neue Virus testen lassen.«

Franz spürte einen kühlen Hauch im Nacken und schüttelte unwillkürlich den Kopf. »Auf keinen Fall, da mach ich nicht mit. Stell dir vor, ich habe jemanden angesteckt. Der Chef wirft mich hochkant hinaus.«

»Ach was. Erwin braucht dich, genauso wie mich. Und angesteckt hast du hoffentlich bloß deine Freundin.« Johanna zwinkerte ihm zu. »Es ist nur eine Verkühlung, wirst sehen. Wir werden offenhalten und weiterarbeiten – glaub mir, da fährt die Eisenbahn drüber!«

47. Italien, Lombardei, Bergamo
Samstag, 07. März 2020, 08:00 Uhr

Patricia mahlte mit den Zähnen und rieb sich die übermüdeten Augen. Ihr Blick irrte im Zimmer umher, suchte nach etwas, mit dem sie sich ablenken und das Unvermeidbare hinausschieben konnte. Aber es half alles nichts – sie musste Paul anrufen und ihn informieren. Je eher sie es tat, desto eher war es erledigt, desto eher wurde sie mit seiner Furcht, Trauer und Enttäuschung konfrontiert und konnte versuchen, damit umzugehen. Sie hatte noch nie viel davon gehalten, unangenehme Dinge aufzuschieben. In der Regel wurden die Angelegenheiten dadurch nicht weniger bitter, sondern eher mehr.

Patricia atmete tief durch – wodurch sich in ihrer Kehle ein Hustenreiz manifestierte, den sie jedoch unterdrücken konnte – und nahm ihr Mobiltelefon zur Hand. Paul meldete sich nach dem zweiten Läuten.

»Hallo, meine Prinzessin.« Er klang ausgeschlafen und gut gelaunt. »Ich habe mich schon gefragt, wann du dich meldest. Die Nachrichten sind ja voll davon. Komplette Abriegelung der Lombardei. Es wird echt Zeit, dass du dort herauskommst.«

»Paul, ich …«

»Sitzt du schon im Taxi Richtung Flughafen? Ich hole dich natürlich von Schwechat ab. Möchtest du …?«

»Paul! Ich kann nicht kommen.«

»Bitte? Was soll das heißen?«

»Ich habe vorhin ein positives Testergebnis erhalten.«
Stille.

Patricia spürte ein Brennen in der Brust – und das stammte sicherlich nicht von ihrer Covid-19-Infektion.

»Paul, du brauchst dir keine Sorgen zu machen. Ich habe nicht einmal Fieber, nur leichtes Unwohlsein und Husten. Sofia hat es auch erwischt, ihr geht es ähnlich.«

»Was … Was bedeutet das?« Pauls Stimme klang belegt.

»Ich muss in Quarantäne. Vierzehn Tage lang. Darf das Haus nicht verlassen.«

»Das heißt …«

»Ja, ich darf auch in kein Flugzeug steigen.«

Abermalige Stille.

»Es tut mir so leid, Paul. Ich habe mich auf dich gefreut, darauf, dich endlich wieder umarmen zu können, mit dir zu kuscheln, dich zu küssen. Wenn ich könnte, würde ich sofort aufbrechen.«

»Was ist, wenn du es trotzdem tust?«

»Zahle ich Strafe, und die kann sehr hoch sein. Wahrscheinlich wird man mich auch nicht ins Flugzeug steigen lassen. Außerdem gefährde ich damit andere Menschen. Du weißt, dass auch Sofias Großeltern erkrankt sind. Ihrer Großmutter geht es halbwegs, aber ihr Großvater musste heute Nacht auf die Intensivstation verlegt werden. Es sieht nicht gut aus. Für uns junge Erwachsene ist das Virus kaum eine Gefahr, aber für ältere Menschen schon. Ich möchte nicht schuld daran sein, dass andere wegen meiner Rücksichtslosigkeit erkranken oder gar sterben.«

»Ich komme zu dir.« Mit einem Mal klang Pauls Stimme hart und entschlossen.

»Was?«

»Ich nehme den nächsten Flieger nach Mailand und fahre mit einem Mietwagen nach Bergamo.«

»Du …«

»Keine Widerrede. So geht das nicht weiter. Wer weiß, wie dein Krankheitsverlauf ist oder was in diesem Corona-Chaos noch alles geschieht. Ich werde den Teufel tun und darauf warten, dass sich alles in Wohlgefallen auflöst. Lieber erkranke ich ebenfalls und sterbe in deinen Armen, als dich niemals wiederzusehen.«

Ein wohliges Gefühl von Wärme erfasste Patricia, schien sich von ihrem Herzen nach allen Richtungen auszubreiten.

Paul ist ein hoffnungsloser Romantiker, dachte sie und lächelte, spürte aber gleichzeitig eine wachsende Unruhe. *Nur bitte nicht so hoffnungslos, dass er irgendwelche Dummheiten begeht.*

48. Österreich, Tirol, Landeck, Kaunerberg
Samstag, 07. März 2020, 12:00 Uhr

Eine steil aufragende, kahle Felswand erhob sich über ihren Köpfen und ging übergangslos in die steinerne Außenmauer der Burg über. Links erhob sich der mächtige Wehrturm, oberhalb des Fundaments war die restaurierte Fassade mit ihrer hellen Holztäfelung zu erkennen. Man mochte den Eindruck gewinnen, dass dort oben ein grimmiger Burgherr regierte, der seinen Soldaten und Bogenschützen jeden Moment den Befehl erteilen konnte, Pfeile und heißes Pech von den Zinnen auf die unliebsamen Beobachter herabregnen zu lassen.

»Beeindruckend, oder?« Magda stand neben Leonie, hielt Valerian im Arm und blickte empor. »Die Burg Berneck war strategisch nie von großer Bedeutung, aber ihre Lage an der Felswand ist schon imposant.«

»Kann man die Burg auch besichtigen?«, fragte Leonie. »Habe mich schon immer für alte Schlösser und Befestigungsanlagen interessiert.«

»Leider nein«, schaltete sich Stefan ein. »Das geht nur an wenigen Tagen im Sommer. Aber sie ist innen halb so bemerkenswert, wie sie von außen aussieht.«

Leonie spürte, wie sie von einer Woge kribbelnder Energie erfasst wurde, als ihr Stefan sein einnehmendes Lächeln zuwarf. Selbstverständlich hatte sie Magda über ihren Jugendfreund ausgefragt. Angeblich war Stefan früher ein

Frauenheld gewesen, wie bei seinem Aussehen und Charme nicht anders zu erwarten. Magda und er hatten jedoch stets eine freundschaftliche Beziehung gepflegt. In den letzten Jahren hatte sich Stefan zurückhaltender gegeben und pflegte den Ruf des ewigen, aparten Junggesellen – vielleicht war es genau das, was Leonie anzog; abgesehen von seinem attraktiven Äußeren und dem sympathischen Lächeln, verstand sich.

»Mama?« Valerian streckte die Arme aus und blickte in Leonies Richtung.

»Soll ich ihn mal nehmen?«, erkundigte sich Stefan.

»Du kannst es gern versuchen.« Leonie spitzte die Lippen. »Aber ich fürchte, er wird einen Schreianfall bekommen.«

»Wir werden sehen.« Stefan zwinkerte und nahm Magda Valerian ab. Leonie sah, wie ihr Sohn große Augen bekam. Sein Gesicht verzog sich zur Grimasse, er bog den Kopf zurück …

Doch das Geschrei, auf das Leonie wartete, kam nicht. Stefan hatte Valerian flugs umgedreht und auf seine Schultern gesetzt, sodass der Kleine von dieser erhöhten Position alles überblicken konnte – und das schien ihm zu gefallen. Sein Gesicht entspannte sich, die Hände vergrub er in Stefans dunklen Haaren und schließlich warf er Leonie auch noch ein breites Grinsen zu.

»Wow.« Magda blickte von Valerian zu Leonie und retour. »Wieso bin ich nicht auf diese Idee gekommen?«

»Irgendjemand muss eben das Hirn haben.« Stefan feixte, stieß jedoch ein japsendes Geräusch aus, als ihm Magda in die Seite boxte.

Leonie betrachtete Stefan von der Seite. *Mit Kindern weiß er auch umzugehen. Was, zum Teufel, kann dieser Teufelskerl eigentlich nicht?*

Wahrscheinlich ist er schlecht im Bett, behauptete eine fiese Stimme in ihren Gedanken. Leonie lächelte und senkte den Kopf. *Das käme auf einen Versuch an.*

49. Italien, Lombardei, Bergamo
Sonntag, 08. März 2020, 18:00 Uhr

Patricia blickte durch das geschlossene Fenster ihres Zimmers nach draußen. Der üppige Garten des Ein-, oder eher Zweifamilienhauses von Sofias Großeltern war dicht mit Oliven- und Orangenbäumen, Sträuchern und allerlei Blütenpflanzen bewachsen. Nichts ließ erahnen, was sich momentan in Bergamo und den umliegenden Gemeinden abspielte. Vorhin hatte Patricia ein Telefonat mit ihren Eltern in Wien geführt. Davon zu sprechen, dass die beiden *beunruhigt* waren, konnte man nur als monumentale Untertreibung bezeichnen. Ihre Mutter war in Tränen ausgebrochen und ihr Vater hatte verdächtig heiser geklungen – obgleich ihnen Patricia mehrmals versichert hatte, dass ihr Krankheitsverlauf mild und ohne Komplikationen war. Aber ihre Eltern waren schon immer ausgesprochen besorgt, um nicht zu sagen ängstlich gewesen, wenn es um ihr einziges Kind ging.

Patricia seufzte und wandte sich vom Fenster ab. Heute Nachmittag war ein Bekannter von Sofias Mutter mit seinem Rauhaardackel auf eine Stippvisite an der Eingangstür vorbeigekommen und hatte von der aktuellen Lage berichtet. Demnach konnte man die Stimmung in Bergamo am ehesten mit dem Begriff *gespenstisch* bezeichnen. Gewöhnlich herrschte an einem Sonntagnachmittag ein reges Kommen und Gehen. Menschen flanierten auf den Straßen, plauderten in Hauseingängen, saßen in Cafés oder durchstreiften die Parks der Kleinstadt. Überall waren Gelächter, die Geräusche von Schritten, Geplauder und hupende Fahrzeuge zu vernehmen.

Doch heute war die Stadt wie ausgestorben; und gerade dieses *gestorben* beschrieb die Wahrheit am besten. Allein in den letzten vierundzwanzig Stunden hatte es aufgrund von Covid-19 Dutzende bestätigte Todesopfer gegeben – Tendenz steigend.

Patricia erhob sich. Sie wollte nicht länger dasitzen und vor sich hinbrüten. Als sie die Zimmertür öffnete und in das geräumige, heimelig eingerichtete Wohnzimmer trat, kam soeben Sofias Bruder Riccardo – der Einzige in der Familie, der noch nicht erkrankt war – vom Einkaufen zurück. Er trug schwer an den vier prall gefüllten Taschen; aber sie brauchten ausreichend Vorräte, um in den kommenden Tagen das Haus nicht verlassen zu müssen.

»Warte, ich helfe dir«, sagte Patricia auf Englisch und nahm Riccardo zwei der Taschen ab. Gemeinsam marschierten sie in die Küche, in der Sofia und ihre Mutter Francesca Spaghetti mit Tomatensugo zubereiteten.

»Ah, da seid ihr ja.« Francesca sah von der Pfanne mit der brutzelnden Soße auf und lächelte. Dabei fiel ihr Blick auf die Küchenuhr über der Eingangstür.

»Was? Gleich achtzehn Uhr? Wir müssen …« Francesca wurde von einem Hustenanfall unterbrochen, der eindeutig ungesund klang. »… das Fenster!«

»Ach ja, stimmt.« Sofia griff sich an den Kopf und nahm rasch die Spaghetti vom Herd. »Los, ab in den ersten Stock.«

Zu viert stiegen sie die Treppe empor und wandten sich dem großen Doppelfenster in der Bibliothek zu, das in Richtung Straße zeigte. Patricia und Sofia zogen die Fensterläden auf. Klare, anregende Abendluft drang herein, erfüllt mit ersten Duftnuancen von Forsythie und Bitterorange. Die letzten Strahlen der untergehenden Sonne tauchten die Dächer in ein blutrotes Licht. Überall in der Straße mit Einfamilienhäusern waren offene Fenster zu sehen. Italienische Fahnen flatterten auf Balustraden oder wurden von Menschen hin- und hergeschwenkt. Jemand rief einzelne Wörter, bis Patricia begriff, dass dies ein Countdown war: »Sette ... sei ... cinque ... quattro ... tre ... due ... uno ...«

Die Menschen an den Fenstern und Balkonen begannen zu singen. Bei dem Lied handelte es sich um *Il Canto degli Italiani*, die Nationalhymne Italiens. Nach wenigen Sekunden stach eine kraftvolle, weibliche Stimme hervor, die drei Häuser weiter von einer offenen Veranda tönte.

»Das ist Chiara Martinelli«, sagte Francesca mit andächtiger Stimme. »Sie war mal Opernsängerin.«

»Echt schön«, murmelte Patricia und versuchte, die Sängerin zu erspähen, die allerdings von einer hoch aufragenden Zypresse verdeckt wurde.

»Chiara Martinelli ist seit mehr als zehn Jahren querschnittsgelähmt«, erklärte Francesca. »Trotzdem hat sie nie ihren Lebenswillen und ihren Glauben an das Gute verloren.«

»Viva l'Italia!«, drang es aus der Ferne zu ihnen, gefolgt von einem »La vita è bella!«

Patricias Gedanken schweiften ab. Sie dachte an Paul, der allein in ihrer großen Wohnung in Wien hockte und fieberhaft auf seinen Italienflug wartete. Was mochte er tun, wenn ihr etwas zustieß, er sie niemals wieder in die Arme schließen konnte? Würde er dies jemals verkraften können?

Patricia hob den Kopf und blickte in den wolkenlosen, azurblauen Himmel empor. *Egal, was geschieht, man muss sich den Lebenswillen bewahren. Sonst ist man verloren.*

50. Österreich, Flughafen Wien-Schwechat
Mittwoch, 11. März 2020, 08:00 Uhr

Nein, bitte, das darf nicht sein! Mit wachsender Unruhe blickte Paul auf die Anzeige der Abflugzeiten über seinem Kopf. Die Nummer seines Fluges lautete *OS 491* – doch daneben stand ein nicht zu übersehendes *cancelt*.

Paul wirbelte herum. Bevor er in Wien in das Taxi gestiegen war, hatte er selbstverständlich noch einmal den Flugplan kontrolliert. Zu diesem Zeitpunkt war die Abflugzeit ordnungsgemäß mit 09:30 angegeben gewesen. Was konnte innerhalb von einer halben Stunde geschehen sein?

Kurzerhand wandte sich Paul an den Informationsschalter des Flughafens und schilderte einer Bodenstewardess sein Problem.

»Ihr Flug wurde gecancelt.« Das Lächeln der jungen Frau wirkte starr und aufgesetzt.

»Das steht auch auf der Anzeige, danke. Aber weshalb ist das so?«

»Es tut mir leid.« Die Flughafenmitarbeiterin verzog ihre blutroten Lippen und warf einen weiteren Blick auf ihren Monitor. »Ich kann Ihnen nur so viel sagen, dass sämtliche Flüge nach Italien kurzfristig abgesagt worden sind.«

Paul fluchte und griff sich an die Stirn. *Das darf doch nicht ...!*

»Gibt es keine andere Möglichkeit, nach Mailand zu gelangen? Vielleicht über einen Zwischenstopp in Frankfurt?«

Die Mitarbeiterin tippte auf den Touchscreen ihres Monitors. »Die meisten Airlines haben ihre Verbindungen nach Italien unterbrochen oder zumindest stark eingeschränkt. Lufthansa fliegt zum Beispiel noch …«

»Perfekt! Wann gibt es die nächste Möglichkeit?«

»Das ist nicht so einfach. Es gibt derzeit enorme Fluktuationen, kurzfristige Stornierungen, lange Wartezeiten …«

»Das ist mir egal. Ich muss so rasch als möglich nach Mailand, egal was es kostet.«

»Einen Moment …« Wieder tippte die Bodenstewardess auf ihren Bildschirm. »Ich habe hier eine Alternative am Samstag in der Früh, Abflughafen ist Frankfurt. Dazu müssten sie aber Freitagabend von Wien anreisen. Und aufgrund der momentanen Situation kann es zu kurzfristigen Planänderungen oder Flugstreichungen kommen.«

»Ach, verdammt.« Paul massierte seinen Nasenrücken, zückte sein Smartphone und durchpflügte die Nachrichten zu den aktuellen Covid-19-Einschränkungen. Was er las, ließ seine Zuversicht weiter schwinden. Das sah nicht gut aus. Er hatte die aktuelle Lage und seine Zuspitzung eindeutig unterschätzt.

»Soll ich die Flüge für Sie buchen?« Die Bodenstewardess klimperte mit ihren künstlichen Wimpern.

»Das ist mir zu unsicher.« Paul wandte sich ab. »Ich werde einen anderen Weg finden.«

»Hallo, mein Schatz.«

»Hey, Paul. Bist du schon in Mailand gelandet?«

»Nein.« Trotz der Situation spürte Paul, wie sich seine Laune schlagartig besserte, sobald er Patricias Stimme vernahm. »Es gibt ein Problem. Sämtliche Flüge von Österreich nach Italien wurden gestrichen.«

»Scheiße.«

»Ein Flug von Deutschland aus ist derzeit noch möglich, wird aber immer unsicherer und die nächste Möglichkeit besteht auch erst am Wochenende. Außerdem wurden sämtliche Zugsverbindungen von und nach Italien eingestellt.«

»Na toll. Und hier bei uns ist ein Ortswechsel nur noch aus beruflichen oder zwingend notwendigen Gründen erlaubt.«

»Patricia, ich finde einen anderen Weg. Und wenn ich zu Fuß nach Bergamo wandern muss.«

»Bis du hier ankommst, ist die Epidemie wahrscheinlich schon verjährt.«

»Lass die Witze. Ich meine es ernst. Aber mein Plan sieht anders aus. Erinnerst du dich an Marcello aus Meran?«

»Ah, den hübschen Blondkopf mit seinen saphirblauen Augen?«

»Der Leiter unserer Vertriebsstelle in Norditalien, genau. Ich habe vorhin mit ihm gesprochen. Ich glaube, ich habe eine Idee, wie ich zu dir kommen kann.«

»Jetzt machst du mir Angst. Was hast du vor?«

»Das möchte ich am Telefon lieber nicht sagen. Also nur so viel: Wenn man kein Italiener ist, kann man ja so tun, als ob man einer wäre.«

»Paul …«

»Keine Sorge, ich werde vorsichtig sein.«

»Und wenn wir … einfach abwarten?«

»Nein, auf keinen Fall. Ich habe meine Mutter verloren und werde dich nicht auch verlieren.«

Jetzt war es heraußen. Paul hatte das verbotene Thema angesprochen, sein ganz persönliches Trauma, das ihn seit fünfzehn Jahren verfolgte. Aber nun gab es kein Zurück mehr. Patricia wusste vom Schicksal seiner Mutter, ihrer Brustkrebserkrankung, die geheilt schien und dann erneut ausgebrochen war. Sie wusste auch, dass Paul als Einziger an der Seite seiner Mutter geblieben war, als sich ihr damaliger Lebensgefährte von ihr abwandte und Pauls Bruder nach Brasilien verschwand. Was sie bislang nicht gewusst hatte war, dass Paul das Dahinsiechen seiner Mutter derart geprägt hatte, dass ihn ständige Verlustängste plagten, sobald er mehr für eine Frau empfand. Dies war auch der Hauptgrund, weshalb er sich lange Zeit nicht auf eine feste Beziehung einlassen konnte. Und es war ebenfalls die Erklärung, weshalb er Patricia unter keinen Umständen verlieren durfte. Falls es dennoch dazu kam … Nein, das mochte sich Paul nicht auszumalen.

Einige Sekunden war es still am anderen Ende der Leitung und Paul befürchtete bereits, dass Patricia von seinen Worten verunsichert oder von seiner Anhänglichkeit und seinen Verlustängsten genervt war. Doch ihre nächsten Worte fegten all seine Bedenken beiseite.

»Du wirst mich nicht verlieren.« Patricias Stimme klang sanft, verständnisvoll und ohne jede Missempfindung. »Ich liebe dich, Paul. Allein deshalb werde ich durchhalten. Ich weiß, man soll nicht leichtfertig mit Zusagen umgehen, aber: Wir werden uns wiedersehen, das verspreche ich dir.«

Auf dem Weg zurück nach Wien beruhigte sich Paul allmählich und es gelang ihm sogar, ein paar Minuten lang weder an seine Mutter noch an Patricia zu denken.

Es würde alles gut gehen, ganz bestimmt – und das, obgleich sein Plan gewagt mehr, mehr als das; und natürlich alles andere als legal. Paul hatte Marcello lange bearbeiten müssen, aber ihm dann unter Aussicht auf eine Gehaltserhöhung eine Zusage entlockt. Der Italiener würde ihm lombardische Autokennzeichen besorgen und über einen Freund einen italienischen Pass organisieren, beides an Pauls dienstliches Paketpostfach in Wien schicken, von der er die Lieferung abholen konnte. Dann wollte Paul umgehend nach Tirol fahren. Vor der österreichisch-italienischen Grenze stand ein Nummerntausch am Programm – und schließlich musste er nur noch seine Italienischkenntnisse zusammenkratzen, um ohne Schwierigkeiten über die Grenze zu gelangen und nach Bergamo zu fahren.

Eigentlich ganz einfach, dachte Paul, obwohl er wusste, dass es dieses Vorhaben bestimmt nicht war. *Alles, was ich brauche, ist ein bisschen Glück und unmotivierte Grenzbeamte.*

Nein, entgegnete eine böse Stimme in seinem Kopf. *Damit dieser Irrsinn funktioniert, benötigst du mehr als ein wenig Glück – du brauchst eine Wagenladung an Hufeisen.*

51. Deutschland, München, Moosach
Samstag, 14. März 2020, 07:30 Uhr

Dieter Mooshammer wollte seinen Augen nicht trauen. Für einen Moment kam er sich unendlich hilflos vor, als stehe er nur mit dem Filialschlüssel in seiner Hand der Zombieapokalypse gegenüber – und hatte die Machete im Wagen zurückgelassen.

Es mussten Hunderte sein.

Die Menschen sammelten sich vor dem Eingang des ALDI-SÜD-Marktes wie ein Bienenschwarm, der nach ein paar kalten Tagen aus dem Nest drängte; und das, obgleich es eindeutig zu frisch war, um freiwillig so früh aus dem Bett zu kriechen. Als Dieter von daheim losgefahren war, hatte sein Autothermometer minus zwei Grad angezeigt. Die Sonne war vor einer knappen Stunde aufgegangen, aber es konnte kaum wärmer geworden sein.

Dieter erkannte in der stetig größer werdenden Menge einige Stammkunden seiner Filiale, aber die meisten Gesichter waren ihm völlig fremd. Gewöhnlich hatte sein Supermarkt hier am Nordrand von München eine überschaubare Anzahl von Kunden, im Speziellen abseits der Stoßzeiten. Doch jetzt war die Parkfläche vor der Filiale bis zum letzten Abstellplatz belegt; aber die meisten Menschen schienen ohnehin zu Fuß gekommen zu sein.

»Ähm, Chef?«

Dieter wandte sich seinem Mitarbeiter Tobias zu, der wie seine übrigen Kolleginnen und Kollegen mit deutlichem Unbehagen die Menschenansammlung vor der Filiale betrachtete.

»Was ist?«

»Wir haben sieben Uhr dreißig.«

»Oh.« Dieter warf einen Blick zur Tür. Die Menschen wirkten ruhig – doch wer konnte schon wissen, wie lange das so blieb.

»Aufgepasst«, wandte er sich an seine Mitarbeiter. »Hygieneartikel, abgepacktes Fleisch, Frischobst – nur Haushaltsmengen. Nicht mehr als zwei Packungen pro Person. Wenn ein Artikel ausgeht, wird sofort nachgeschlichtet, so lange wir etwas auf Lager haben. Sollten Probleme mit Kunden auftreten – ich bleibe im Verkaufsraum und bin jederzeit erreichbar. Noch Fragen?«

Niemand sprach ein Wort, aber Unsicherheit spiegelte sich auf sämtlichen Zügen. Dieter wandte sich um, holte tief Luft, entriegelte das Schloss am Haupteingang und die Schiebetüren schwangen auf.

Sofort kam Bewegung in die wartenden Menschen. Dieter kam es vor, als sehe er sich einer Lawine gegenüber; einer Lawine aus Leibern, groß und klein, dick und dünn, dazwischen die kantigen Gestelle der Einkaufswagen, lederne Trolleys und bunte Umhängetaschen. Die unförmige Masse quetschte sich durch die Tür, nahm Geschwindigkeit auf und flutete die Gänge der Filiale. Dies alles geschah in beinahe gespenstischer Stille. Kaum ein Wort wurde gesprochen, kein lautes Geräusch durchbrach das gleichmäßige Trippeln und Knistern – was die Situation nicht weniger unheimlich erscheinen ließ.

Während Dieter mit gelinder Verwirrung beobachtete, wie innerhalb weniger Minuten sämtliche verfügbaren Packungen Toilettenpapier – sowie zahlreiche Fleisch- und Frischprodukte – in die Einkaufswagen der Kunden wanderten, merkte er, wie sein Geist zu arbeiten begann. Irgendetwas bekümmerte ihn, irgendein wichtiger Gedanke wollte in sein Bewusstsein drängen, aber er bekam ihn einfach nicht zu fassen.

Dann war ihm, als befinde er sich im Theater und der Vorhang wurde hochgezogen. Natürlich. Darauf hatte er völlig vergessen. Er hatte nichts mehr daheim – das Klopapier war alle. Weshalb, zum Kuckuck, fiel ihm das erst jetzt ein?!

52. Österreich, Wien, Donaustadt
Dienstag, 17. März 2020, 08:00 Uhr

Pauls Herz klopfte, als er am Straßenrand hielt und aus dem Wagen stieg. Genaugenommen war das, was er nun vorhatte, noch nichts Verbotenes. Aber allein der Gedanke, dass sein – illegales – Vorhaben nun tatsächlich Realität werden mochte, versetzte ihn in eine stille Erregung, die seine Schritte beschleunigte und ihn seine Hände zu Fäusten ballen ließ. Immerhin war es die richtige Entscheidung gewesen, den samstäglichen Flug nach Mailand nicht zu buchen. Dieser war nämlich ebenso gecancelt worden, wie sämtliche anderen regulären Flüge nach Italien.

Paul betrat die Postfiliale und wandte sich dem Raum mit den Schließfächern zu. Er hatte sich ein Postfach organisiert, sobald er im Januar nach Wien übersiedelt war. Das war angesichts der regelmäßig aus Frankfurt eintreffenden Produktproben und Marketingartikel praktikabler, als täglich auf den Zusteller zu warten.

Paul zog seinen Schlüssel hervor. Er atmete tief durch, warf einen unauffälligen Blick zur Seite, ob er auch nicht beobachtet wurde, öffnete das Paketpostfach – gähnende Leere schlug ihm entgegen.

Paul blinzelte, aber es blieb dabei. Er hatte die erhoffte Sendung nicht erhalten. Marcello hatte ihm gestern versichert, dass die Expresslieferung bis spätestens acht Uhr zugestellt wurde. Paul blickte auf sein Mobiltelefon. Es war acht Uhr und sieben Minuten.

Paul rief seinen Südtiroler Kollegen an. Marcello meldete sich erst nach dem sechsten Klingeln. Seine Stimme klang müde und schuldbewusst.

»Tut mir echt leid, Mann. Ich habe getan, was ich konnte. Die Nummernschilder liegen seit Samstag bei mir, aber den Pass habe ich noch immer nicht erhalten.«

»Du hättest mir zumindest die Kennzeichen schicken können.«

»Sorry. Ich wollte abwarten, weil du gemeint hast, du brauchst beides. Mein Freund Nico ist so unzuverlässig. Zuerst hat er behauptet, die Sache mit dem Pass stellt kein Problem dar, und gestern Abend ruft er mich an und meint, es wird noch ein paar Tage dauern. Ich wollte dich eh schon anrufen, aber dann habe ich erfahren, dass meine Tante und ihr Sohn positiv getestet worden sind. Du weißt, wir hatten am Wochenende eine kleine Feier.«

»Shit.«

»Genau. Seitdem ist hier die Hölle los. Ich bin jetzt ebenfalls in Quarantäne und versuche meine Termine irgendwie online abzuhalten – eine Katastrophe, sag ich dir.«

»Kannst du mir nicht wenigstens die Autokennzeichen zukommen lassen?«

»Wird schwierig. Habe niemanden, der mir ein Paket aufgeben kann. Außerdem kommt es durch die Corona-Maßnahmen bei den Lieferdiensten zu erheblichen Verzögerungen. Habe am Donnerstag eine Sendung nach Deutschland verschickt und die hängt noch immer in Italien fest. Davon abgesehen stammen die Nummernschilder, wie schon gestern erwähnt, von einem in Bozen zugelassenen Fahrzeug. Derzeit darf man die Heimatgemeinde nur in Ausnahmefällen verlassen, also fällt es so oder so auf, wenn du damit durch halb Norditalien gondelst.«

»Verstehe. Also wird das wohl nichts mehr.«

»Bitte verzeih mir, aber momentan kann ich dir nicht weiterhelfen.«

»Trotzdem danke, dass du es versuchst hast. Ich wünsche dir, dass du nicht angesteckt worden bist. Zwei Wochen Hausarrest sind sicher die Hölle.«

»Danke, Mann. Du bist ein verdammt kluger Kopf und wirst einen Weg finden, zu Patricia zu gelangen, da bin ich mir sicher.«

Paul beendete das Gespräch und starrte ins Leere. Was sollte er tun? Sollte er weiter abwarten und Däumchen drehen? Darauf hoffen, dass Patricia rasch gesunden und zu ihm zurückkehren konnte? Doch wann mochte das sein – und was, wenn sich ihr Zustand unerwartet verschlechterte?

Nein, das konnte er nicht akzeptieren!

Ich fahre nach Tirol, entschied Paul und stellte in Gedanken bereits seine Packliste zusammen. *Ich bewege mich so nah an die österreichisch-italienische Grenze, wie es geht – dann wird mir schon etwas einfallen. Und wenn ich mich in einer Nacht-und-Nebel-Aktion über den Reschenpass stehlen muss.*

53. Österreich, Tirol, Innsbruck, Landesforstdienst
Dienstag, 17. März 2020, 09:00 Uhr

»Das meinen Sie nicht ernst.«

»Doch, natürlich.« Wendelin Sonnberg nickte bekräftigend. »Ab morgen gilt für alle Mitarbeiter die Empfehlung zu Homeoffice.«

Reinhard spürte, wie diese Ankündigung etwas in ihm in Regung versetzte. »Mit Empfehlung meinen Sie …?«

»Der offizielle Wortlaut der Anweisung ist: ›Ein sofortiger Wechsel in das Homeoffice wird empfohlen, sofern keine dienstlichen Verpflichtungen dagegensprechen und eine Arbeit von daheim möglich und zumutbar ist.‹ Ich denke, für alle in der Abteilung trifft dieser Passus zu; auch, da unsere Arbeit meist keine Anwesenheit verlangt und auf die Computer per Remote-Desktop zugegriffen werden kann.«

»Das ist mir alles klar, aber ich meine: Darf ich dennoch wie gewohnt im Büro arbeiten?«

Wendelin musterte Reinhard abschätzend. »Dieses Virus ist gefährlich. Wir dürfen es nicht auf die leichte Schulter nehmen.«

»Meiner Meinung nach …«

Wendelin winkte ab. »Ich kenne Ihre Meinung, danke. Wir halten uns an die Vorgaben und Empfehlungen, wie es auch die anderen Abteilungen im Haus tun. Ich möchte in meinem Ressort keinen Covid-19-Herd heranzüchten, so wie in Ischgl. Ab morgen bleiben alle Mitarbeiter daheim.«

Reinhard spürte, wie Ärger in ihm hochkroch. Er war ein Mensch, der seine Arbeit gern tat, auch wenn sie manchmal unnötige bürokratische Hürden aufwies. Aber sie war eine willkommene Abwechslung zu seinem restlichen Leben; vor allem deshalb, weil er auf diesem Weg den Umgang mit anderen Menschen nicht verlernte, auch wenn es nur sein Vorgesetzter und die Arbeitskollegen waren. Seine übrigen sozialen Kontakte waren … nun ja, überschaubar.

Wenn er von daheim arbeiten musste, ging das eine Zeit lang gut, aber irgendwann krochen die unguten Erinnerungen aus den dunklen Ecken heran und versuchten, ihn auf ihre Seite zu ziehen. So gern er sein Heim mochte und es genoss, auf dem Sofa oder der Veranda zu sitzen, es gab keinen Tag, an dem er das Haus nicht für einige Stunden verließ. Seine ehemaligen Freunde hatten ihm oft einreden wollen, dass er das Haus nach den Ereignissen, die sich hier zugetragen hatten, verkaufen sollte, aber Reinhard hatte das nie ernsthaft in Erwägung gezogen. Gewissermaßen gab ihm die Tragödie sogar Halt, sie erdete ihn und umschmeichelte ihn mit einem steten Hauch von Tod und Verwesung.

Reinhard war sich längst darüber im Klaren, dass niemand anderer dieses Gefühl verstand, nicht verstehen konnte, wie die Faszination für den Tod das Leben bereicherte und eine unerschöpfliche Kraftquelle darstellte. Doch genau so war es: Erst durch die Erfahrung des Todes schien ihm das Leben lebenswert, erst durch das Erfühlen der Todesnähe verinnerlichte sich seine Lebendigkeit. Er hatte keine Angst vor dem Sterben, spielte in lässiger Entschlossenheit mit Todessehnsüchten, aber vor allem: Er genoss es, den Tod mitzuerleben – und zwar besonders dann, wenn er selbst sein Vollstrecker war.

54. Slowakisch-österreichische Grenze bei Kittsee
Mittwoch, 18. März 2020, 05:30 Uhr

»Warum dauert das so lange?«

Natalia Melniková tippte mit ihren Zeigefingern gegen das Lenkrad und sah dabei in den Rückspiegel. Auch ohne die gerade einsetzende Dämmerung war klar zu erkennen, dass die Kolonne an Fahrzeugen immer länger wurde.

»Da haben wohl einige nicht mitbekommen, dass sie nicht einreisen dürfen.« Ivanka, Natalias Arbeitskollegin, nahm einen Schluck von ihrem Becherkaffee. Ihr helles, rundes Gesicht wirkte heute besonders fahl und ausgezehrt. Natalia vermutete, dass sie sich wieder mit ihrem Freund gestritten hatte.

»Was ist, wenn sie uns auch zurückschicken?«

»Mach dir mal keine Sorgen.« Ivanka unterdrückte ein Gähnen und massierte ihren Nasenrücken. »Die brauchen uns. Wenn wir slowakische Pflegerinnen wegfallen, geht im Wiener Dialysezentrum gar nichts mehr. Außerdem gibt es diese Vereinbarung zwischen Österreich und der Slowakei. Du wirst sehen, die lassen uns problemlos passieren.«

Ein Fahrzeug hinter ihnen begann zu hupen. Kurz darauf folgten ein zweites und drittes.

»Echt jetzt?« Natalia blickte in den Rückspiegel und schnaubte. »Glauben die wirklich, dass es dadurch schneller geht?«

»Vielleicht ja doch.« Ivanka deutete nach vorn. »Schau, die ersten Fahrzeuge machen kehrt.«

Mehr und mehr Pkw scherten aus der Kolonne aus und fuhren am anderen Fahrstreifen in Richtung Bratislava zurück. Kurz darauf war auch der Grund dafür erkennbar: Zwei slowakische Polizeibeamte marschierten die wartenden Fahrzeuge entlang und ließen sich von den Insassen ihre Papiere zeigen.

»Die lassen keinen weiterfahren«, murmelte Ivanka.

»Abwarten.« Natalia kramte ihren Dienstausweis und die Arbeitsbestätigung des Spitals in Wien hervor.

Die Polizeibeamten erreichten ihren Wagen und leuchteten mit einer Taschenlampe ins Innere. Natalia beschattete ihre Augen und fuhr das Fahrerfenster hinunter.

»Der Grenzübergang ist geschlossen«, sagte einer der beiden Polizisten, ein junger, breitschultriger Mann mit einem markanten Kinn und finster blickenden Augen. Natalia war der Beamte auf Anhieb unsympathisch. Dennoch zwang sie sich zu einem Lächeln.

»Guten Morgen. Wir sind Krankenpflegerinnen in Wien und müssen zu unseren Arbeitsplätzen.« Sie streckte dem Polizisten ihren Dienstausweis und die Arbeitsbestätigung entgegen.

Der Beamte warf nur einen flüchtigen Blick darauf und verkündete dann: »Tut mir leid, wir dürfen keine Zivilisten passieren lassen.«

»Wir sind keine Zivilisten. Wir sind Krankenschwestern und gehören damit zur versorgungsrelevanten Infrastruktur. Es gibt eine Vereinbarung zwischen Österreich und der Slowakei ...«

»Davon ist mir nichts bekannt«, unterbrach sie der Beamte. »Ich muss Sie bitten, umzudrehen.«

»Sie verstehen wohl nicht, was ich sage: Wir arbeiten in einen Wiener Spital und ...«

»Tut mir leid. Wir haben unsere Befehle.« Die Mimik des Beamten blieb unbewegt.

»Werfen Sie sich auch vor einen Zug, wenn es Ihnen befohlen wird?«, entgegnete Natalia bissig.

Ein Zucken wanderte über das Antlitz des Polizisten. »Machen Sie kehrt und fahren Sie zurück. Die Grenze ist geschlossen.«

»Wenn wir nicht in der Arbeit erscheinen, dann ...«

»Ich sagte, Sie sollen umkehren. Eine Einreise nach Österreich ist nicht möglich. Wenn Sie sich weigern, werden Sie aufgrund Zuwiderhandelns der Anordnung eines Staatsorgans festgenommen.«

Natalia funkelte den Polizisten böse an, aber schluckte ihre nächste Bemerkung hinunter. Sie betätigte den Fensterheber und kurbelte am Lenkrad. Der Wagen scherte nach links aus und reihte sich in die Kolonne an Fahrzeugen ein, die zurück in Richtung slowakische Hauptstadt fuhren.

»Was machen wir jetzt?«, fragte Ivanka kleinlaut. Ihre Züge wirkten noch bleicher als zuvor.

»Was schon.« Natalia schnaubte und legte krachend den nächsten Gang ein. »Du rufst in der Arbeit an und gibst Bescheid, dass sie den Laden heute dicht machen können.«

»Aber, die Patienten …«

»Ich weiß selbst, dass die Behandlungen lebensnotwendig sind.« Natalia spürte hilflose Wut in sich aufsteigen. »Ich hoffe, die Spitalsleitung hat einen Notfallplan. Andernfalls wird es in den nächsten Tagen einige Tote mehr zu beklagen geben.«

55. Österreich, Tirol, Landeck, Kaunerberg
Mittwoch, 18. März 2020, 20:00 Uhr

»Das heißt, Tirol isoliert sich selbst. Wir erlassen Quarantäneverordnungen für alle zweihundertneunundsiebzig Tiroler Gemeinden. Das bedeutet, die Gemeinde darf nur dann verlassen werden, wenn es um die Deckung der Grundversorgung geht. Sofern es einen Arzt, eine Apotheke, einen Lebensmittelhandel oder eine Bank im Ort gibt, darf die Gemeinde für diese Zwecke nicht verlassen werden …«

Das Bild des Tiroler Landeshauptmannes verschwamm vor Leonies Augen, seine Stimme gerann zu einem sinnfreien Gebrabbel. Sie fühlte Übelkeit in sich aufsteigen und ein dumpfes Unwohlsein, das ihre Brust einzuschnüren begann. Dazu kam ein Kribbeln in ihren Extremitäten, wie Hunderte Ameisen, die auf und unter ihre Haut entlangliefen.

Steh auf, drängte eine Stimme in ihren Gedanken. *Geh ins Bad.* Wie ferngesteuert folgte Leonie den unhörbaren Worten, erhob sich schwankend, ignorierte Stefans argwöhnischen Blick und marschierte in Richtung Badezimmer.

»Alles in Ordnung?«, rief ihr Magda hinterher.

»Ja, muss nur … aufs Klo.«

Sobald Leonie vom Wohnzimmer aus nicht mehr gesehen werden konnte, beschleunigte sie ihre Schritte, betrat das Badezimmer und hastete schließlich die letzten Meter zur Toilette, die sich in einem kleinen Nebenraum befand. Mit zittrigen Fingern schloss sie die Tür der Kabine hinter sich ab, wandte sich um – und erbrach sich in den Abort. Wieder und wieder kam der Würgereiz hoch, auch dann noch, als ihr Magen schon lange nichts mehr freigeben konnte. Angeekelt spuckte sie aus und ließ sich seitlich der Toilettenschüssel zu Boden sinken. Ihr Körper war schweißbedeckt, ihr Herz raste, immer wieder wurde sie von Schüttelkrämpfen erfasst.

Eine Panikattacke, dachte Leonie und versuchte, sich auf ihre Atmung zu konzentrieren. *Die geht vorbei. Ich muss mich ablenken. An den schönen Dingen festhalten.*

Vor der Toilettenkabine erklangen Schritte. Leonie hielt instinktiv den Atem an. Niemand durfte sie in diesem Zustand sehen, speziell Magda nicht.

»Leonie, geht es dir gut?« Das war Stefans Stimme. Seltsamerweise war Leonie seine Nähe nicht unangenehm, im Gegenteil. Sie spürte sogar, dass sie sich entspannte und ihre Atemzüge ruhiger wurden.

»Leonie, hörst du mich?«

»Ja. Alles gut.«

»So klingst du aber nicht.«

»Hm.«

»Hör mal, ich werde nichts verraten, okay? Hast du eine Panikattacke?«

Woher weiß Stefan das?, durchdrang es Leonies verworrene Gedanken. *Ist das so offensichtlich?* Wenn er es erkannt hatte, mochte es den anderen auch nicht verborgen geblieben sein.

»Hm.«

»Ich kenne das Gefühl«, hob Stefan an. »Als wäre auf einmal alles fremd, das Leben sinnlos und leer. Die überwältigende Angst, der rasende Herzschlag, die Schweißausbrüche ... Glaub mir, du bist nicht allein.«

»Dachte nicht, dass du so etwas mal erlebt hast.«

Stefan lachte leise. »Die äußere Fassade ist nicht alles, weißt du?« Er schwieg einen Moment. »Kann ich dir irgendwie helfen?«

»Erzähl mir etwas. Etwas Lustiges.«

»Okay. Ist dir schon mal der zweite Pkw aufgefallen, der unter dem Vordach der Garage steht?«

»Ja, wieso?«

»Hast du auf das Kennzeichen geachtet?«

»Nö.«

»An dem alten Toyota sind italienische Kennzeichen montiert. Er gehört Magdas Vater. Johannes und Karin fahren regelmäßig in die Lombardei auf Urlaub und haben festgestellt, dass die Konditionen für Autoversicherungen dort viel günstiger sind. Allerdings muss man sein Auto normalerweise auf ein österreichisches Kennzeichen ummelden, wenn man länger als ein Monat im Land lebt. Also hat sich Johannes etwas einfallen lassen. Seine Mutter stammt aus Italien, daher besitzt er die italienische Staatsbürgerschaft. Wenn er also von der Polizei aufgehalten wird, zückt er seinen italienischen Pass und beginnt, aus Dante Alighieris *Göttlichen Komödie* zu rezitieren – auf Italienisch, versteht sich. Damit ist er noch immer davongekommen.«

Leonie spürte, wie sich ihre Laune zu heben begann. »Das funktioniert aber nur so lange, bis er mal an einen Polizeibeamten gerät, der auch Italienisch spricht.«

»Richtig. Aber für diesen Fall hat er immer eine Flasche guten Grappa im Wagen und würde seinen vermeintlichen Landesgenossen auf ein Gläschen einladen – ich denke, damit kommt er durch.«

Jetzt musste Leonie tatsächlich kichern. Sie erhob sich, wischte sich den Mund ab und betätigte die Toilettenspülung. Gern hätte sie einen Spiegel gehabt, um festzustellen, wie schlimm ihr äußerer Zustand war, aber den hatte sie nun mal nicht. Leonie entriegelte die Toilettentür und trat ins Badezimmer.

Stefan stand vor ihr, den Kopf zur Seite geneigt, auf seinen Zügen ein etwas zu verkrampftes Lächeln, um natürlich zu wirken. Irgendetwas an seinem Gesichtsausdruck irritierte Leonie, aber sie konnte nicht sagen, was es war.

»Geht es wieder?«, fragte Stefan und seine Augen flackerten.

»Danke.« Leonie nickte. »Auf alle Fälle besser als vor ein paar Minuten.«

Stefan trat einen Schritt auf sie zu – ehe sich Leonie versah, hatte er sie in den Arm genommen. Im ersten Moment wollte sie zurückweichen, doch dann entspannte sie sich, genoss die Wärme und Stefans männlichen Duft, der in ihre Nase strömte.

Das ist es doch, was du willst, behauptete eine Stimme in ihrem Kopf. *Seine Männlichkeit und Nähe. Also lass es geschehen.*

Leonie seufzte leise. Sie erwiderte Stefans Umarmung, drückte ihr Gesicht gegen seine Brust. Es war ein angenehmes, aber irgendwie auch befremdliches Gefühl. Schon lange

hatte sie kein Mann mehr auf diese Weise berührt und fest-
gehalten.

Nach ein oder zwei Minuten lockerte Stefan seinen Griff
und auch Leonie tat es ihm gleich. Sie wich einen Schritt
zurück, senkte scheu den Blick. Als sie wieder aufsah, hatte
Stefan sein einnehmendes Lächeln wiedergefunden.

»Komm, meine Liebe.« Er streckte ihr die Hand entgegen, die Leonie nach kurzem Zögern ergriff. »Gehen wir zurück zu den anderen. Nicht, dass sich jemand Sorgen um
dich macht, oder annimmt, wir beide tun unanständige
Dinge.«

56. Italien, Lombardei, Bergamo
Mittwoch, 18. März 2020, 22:00 Uhr

Lorenzo Bianchi lebte nun schon so lange auf der Straße,
dass ihn kaum noch etwas überraschen oder erschüttern
konnte. Erst Anfang des Jahres hatte er die Vergewaltigung
einer jungen Frau in einer Nebengasse der Via Sant'Ales-
sandro unweit der Kirche San Leonardo beobachtet – und
dabei rein gar nichts empfunden. Ob es daran lag, dass er
sich selbst für asexuell hielt, oder einfach Resultat seiner bis-
herigen Lebenserfahrungen und Schicksalsschläge war, vermochte er nicht zu sagen.

Natürlich hatten ihn auch die Ereignisse rund um dieses
neue Virus nicht weiter bekümmert. Ärgerlich war bloß,
dass es momentan bedeutend schwieriger war, einen Schlaf-
platz oder Nahrung zu finden; aber er fand sich zurecht, so
wie er es immer tat.

Lorenzo popelte in der Nase, zog den Finger wieder hervor und betrachtete interessiert das Ergebnis seiner Bohrung

– bevor er den gelben Batzen zwischen seinen Lippen verschwinden ließ. Er hockte unter einer Zypresse auf einer Parkbank ein paar Dutzend Schritte südlich der Kirche San Bartolomeo. Vorhin war eine Polizeipatrouille vorbeigekommen und hatte ihn angesprochen, war aber sogleich wieder abgezogen, als er klargemacht hatte, dass er den Lockdown nicht etwa ignorierte, sondern schlicht keine Unterkunft besaß. Auch wenn es die meisten Menschen nicht nachvollziehen konnten: Es hatte durchaus Vorteile, ohne feste Bleibe zu sein.

Lorenzo rieb sich die Hände. Es war nicht besonders warm und ein kühler Wind strich um seine Ohren, aber er war einiges gewohnt und hatte deshalb seinen Schlafsack noch nicht aus dem Rucksack gezogen. Sein Plan für die nächsten Minuten sah vor, im Licht der Parklaternen die umliegenden Mülleimer nach Essbarem zu durchstöbern; leider war durch die Ausgangssperren und Quarantänemaßnahmen kaum etwas zu holen.

Lorenzo wollte sich gerade erheben, als er ein Geräusch vernahm. Durch die mangels Passanten und den fehlenden Verkehr unwirkliche Stille war das lauter werdende Brummen deutlich wahrzunehmen: Es klang beinahe so, als würde eine Kolonne an Müllwagen durch die Innenstadt rollen. Aber dies war bei der aktuellen Situation und um zehn Uhr abends doch sehr unwahrscheinlich.

Lorenzo erhob sich von der Parkbank, kratzte sich am Allerwertesten und schlurfte den Gehweg bis zur Straße entlang. Weit und breit war keine Menschenseele zu sehen. *Hocken alle in ihren winzigen Wohnungen und haben Schiss*, dachte Lorenzo bei sich.

Er grinste, wandte den Kopf; und blinzelte verblüfft. Es handelte sich um mehrere Lkw mit grünem Tarnmuster –

Militärlastwagen. Die Fahrzeuge rollten die Via Antonio Locatelli entlang, kamen näher, wurden langsamer und hielten vor dem gepflasterten Vorplatz der Kirche.

Jetzt wird's interessant. Lorenzo positionierte sich auf der anderen Straßenseite schräg hinter einem Baumstamm, sodass er das Geschehen mitverfolgen, aber nicht selbst entdeckt werden konnte. Mehrere Personen sprangen aus den Fahrzeugen. Die Menschen, wenn es denn welche waren, trugen weiße Schutzanzüge, Brillen und Masken vor dem Gesicht. Einige blieben bei den Lastkraftwagen zurück, die anderen zogen die Türen der Kirche auf und traten ein. Es währte zwei oder drei Minuten, dann tauchten die ersten Vermummten wieder auf – nur dass sie nun rechteckige, hölzerne Gebilde trugen. Lorenzo benötigte mehrere Sekunden, bis er verstand, dass es sich um Särge handelte. Es waren Dutzende.

Mit wachsender Unruhe beobachtete Lorenzo, wie die Totenkisten in die wartenden Lkw verladen wurden. Die Kommunikation zwischen den Trägern verlief mit gedämpften Stimmen, sodass Lorenzo nichts verstehen konnte. Es war jedoch offensichtlich, dass die Soldaten keine Aufmerksamkeit erregen wollten.

Eine der weiß gekleideten Gestalten, die sich gerade der Heckklappe eines Lkw näherte, stolperte. Der Sarg, den der Unbekannte hielt, geriet in Schieflage, rutschte aus der Hand eines zweiten Trägers. Mit einem unschönen, harten Krachen stürzte die Totenkiste zu Boden. Der Deckel flog beiseite und eine männliche Gestalt fiel auf den asphaltierten Untergrund. Sie kam so zu liegen, dass ihr aschfahles, schlaffes Gesicht direkt auf Lorenzo gerichtet war. Dunkle, weit aufgerissene Augen starrten ihn an. Auf den Zügen des Unbekannten lag nicht der Frieden, den Lorenzo schon oft im

Gesicht von Toten erblickt hatte. Das Antlitz war entstellt, aufgedunsen, die Mundwinkel zu einer Grimasse verzerrt. Getrocknetes Blut klebte auf der Stirn des Mannes.

Unvermittelt verspürte Lorenzo etwas, das er seit Jahren nicht mehr empfunden und von dem er gedacht hatte, es für immer aus seiner Gefühlswelt gestrichen zu haben: Angst.

57. Österreich, Tirol, Landeck, Nauders
Donnerstag, 19. März 2020, 08:00 Uhr

»Guten Morgen, Herr Rönfeld. Wie haben Sie geschlafen?«

Paul, der gerade den Fuß der Treppe erreicht hatte, wandte sich dem Sprecher zu. Luis Bergmann war der Vermieter der Privatpension in Nauders, in der Paul ein Zimmer gefunden hatte. Der Mann mit seinen großen Ohren und dem Oberlippenbart wirkte agil und lebendig wie ein kleines Kind, obgleich er die sechzig lang hinter sich gelassen haben musste.

»Hallo Luis. Danke, auf alle Fälle besser als gestern.«

»Wenn Sie möchten, kann ich Ihnen ein Zirbenholzkissen auf Ihr Zimmer bringen. Ich weiß aus eigener Erfahrung, wie gut das bei Schlafproblemen hilft.«

»Gern. Einen Versuch ist es wert.«

»Wie Sie vermutlich wissen, gilt seit heute eine Quarantäne für alle Tiroler Gemeinden. Das sollten Sie nur beachten, wenn Sie unterwegs sind – und eine gute Ausrede parat haben.« Luis zwinkerte Paul zu. »Sie können übrigens frühstücken gehen, es ist alles hergerichtet. Da Sie inzwischen mein einziger Gast sind, brauchen Sie sich nicht zurückzuhalten. Essen Sie, was Sie wollen. Den Kaffee bringe ich Ihnen nachher an den Tisch.«

Paul nickte und schenkte dem Vermieter ein Lächeln, bevor er sich umwandte und in den Frühstücksraum trat. Luis hatte ihm den Tisch in der hellsten Ecke des Zimmers gedeckt. Paul sah, dass eine Wurst-Käse-Platte, Brotscheiben, Aufstriche, ein weiches Ei, verschiedenes Gebäck sowie ein Birchermüsli bereitstanden. Leider hatte er überhaupt keinen Appetit. Seitdem er Dienstagabend hier eingetroffen war, fühlte er sich müde, kraftlos und ausgelaugt; und konnte dennoch nichts essen. Dies lag nicht nur an der langen Autofahrt und den Rückschlägen der letzten Tage, sondern vor allem an seinen trüben Gedanken, die fortwährend um Patricia und seine verstorbene Mutter kreisten. Er wusste, dass diese Spirale aus düsteren Überlegungen und Erinnerungen die Tendenz hatte, in lichtlose Tiefen hinabzusteigen, aber im Moment fiel es ihm schwer, sich davon zu lösen.

Paul ließ sich auf einem der lederbezogenen Holzstühle nieder und blickte aus dem Fenster. Die Morgensonne strahlte von einem wolkenlosen Himmel und beschien die umliegenden Berggipfel. Selbst durch die geschlossenen Fenster vernahm Paul Vogelgezwitscher. Dies war kein Tag, an dem man übler Laune sein sollte. Unter anderen Umständen hätte Paul den sonnigen Morgen als gutes Omen angesehen und wäre motiviert und mit Elan in den Tag gestartet.

Paul nahm ein Brötchen zur Hand und schmierte etwas Butter und Honig darauf. Dies konnte seinen Appetit nicht wecken, aber zumindest waren seine Hände beschäftigt. Er konnte von Glück reden, dass er in dieser Pension untergekommen war. Bei seiner Anreise am Dienstag hatten die meisten Hotels und Herbergen ihre Türen auf Behördenanweisung bereits geschlossen. Ausnahmen gab es nur für Geschäftsreisende – und als offizieller Firmenbesitzer hatte er kurzerhand bei einer Privatpension nahe der österreichisch-italienischen Grenze angefragt und prompt ein Zimmer erhalten. Luis Bergmann konnte den Corona-Maßnahmen ohnehin wenig abgewinnen und führte Paul auch nicht als offiziellen Gast; was diesem nur recht war.

Pauls Smartphone läutete. Sofort griff er danach, erblickte Patricias lachendes Gesicht, ihre mandelförmigen Augen und dunklen Haare. Mit einem freudigen Hüpfen seines Herzens nahm er den Anruf entgegen.

»Patricia, meine Liebe! Wie geht es dir?«

»Na ja. In der Nacht sind Sofias Großvater und auch ihre Großmutter gestorben.« Patricias Stimme klang bedrückt und erschöpft.

Pauls kurzzeitiges Hochgefühl bekam einen ordentlichen Dämpfer. »Oh nein. Das ist schlimm. Bitte, richte Sofia und ihrer Mutter mein Beileid aus.«

»Werde ich machen. Francesca geht es leider auch wieder schlechter – sicher deshalb, weil ihre Eltern verstorben sind. Wir überlegen die ganze Zeit, ob sie Sofias Bruder in ein Spital fahren soll, aber die sind alle hoffnungslos überlastet. Außerdem möchte Francesca partout nicht ins Krankenhaus. Sie sagt, dort stirbt sie auf alle Fälle.«

»Wenn man sich die Bilder aus Italien ansieht, könnte man das beinahe glauben.«

»Wie geht es dir? Was machen deine Pläne?«

Pauls Laune sank weiter. Aber er durfte – und wollte – sich seine Schwermut und Sorgen vor Patricia nicht anmerken lassen. Seine Freundin stand vor genug Herausforderungen, auch ohne ihm das virtuelle Händchen halten zu müssen.

»Mir geht es gut, mein Schatz. Die Sonne scheint und ich bin richtig motiviert. Ich habe das bestimmte Gefühl, dass ich demnächst eine Lösung finden werde und zu dir kommen kann.«

»Es ist schön, dass du so zuversichtlich bist. Ich hoffe inständig, dass ich dich bald wieder umarmen kann. Du fehlst mir.«

Paul biss sich auf die Unterlippe. *Verdammt noch mal. Ein Wunder ist wirklich langsam angebracht.*

58. Österreich, Tirol, Landeck, B171 bei Zams
Freitag, 20. März 2020, 08:00 Uhr

Um ein Haar hätte Reinhard den mit einer Polizeikelle winkenden Beamten am Straßenrand nicht bemerkt. Er stieg gerade noch rechtzeitig auf die Bremse und hielt einige Meter hinter dem wartenden Polizeifahrzeug.

Nach außen hin blieb Reinhard gelassen, doch spürte er, wie ihn Unmut erfasste. Eine Polizeikontrolle hatte ihm nach den gestrigen enervierenden Problemen mit der Remote-Verbindung zu seinem Arbeitsrechner gerade noch gefehlt.

Reinhard kramte nach seinem Führerschein und den Fahrzeugpapieren, als der uniformierte, bärtige Polizeibeamte bereits an das Fahrerfenster klopfte. Es handelte sich um einen Mann von etwa fünfzig Jahren mit einer strengen Augenpartie, schmalen Lippen und einer dominanten Ausstrahlung. Reinhard besaß Menschenkenntnis genug, um zu wissen, dass bei dieser Person Vorsicht angebracht war. Er dachte an seine beiden Jagdgewehre im Kofferraum. *Keine gute Idee.* Und er fühlte das große Bowie an seiner rechten

Seite baumeln, schob es unauffällig unter seinen Pullover. *Auch keine gute Idee.* Falls er den Polizisten richtig einschätzte, mochte ihm dieser aus Prinzip Handschellen anlegen und in der Dienststelle festsetzen, obgleich Reinhard jede notwendige Berechtigung für den Besitz der Waffen besaß.

Hinter dem Polizisten erschien ein deutlich jüngerer Beamter mit Brille. Reinhard hatte die wenig erbauliche Empfindung, dass es sich hierbei um einen Grünschnabel handelte und der Ältere seinem Schützling das richtige Verhalten bei Straftätern vorführen wollte.

Reinhard betätigte den Fensterheber und fuhr die Scheibe hinunter.

»Führerschein und Zulassungspapiere«, sagte der ältere Beamte, ohne sich mit einer Begrüßungsfloskel aufzuhalten. Seine Stimme klang wie die eines bellenden Hundes.

Schweigend reichte ihm Reinhard die gewünschten Unterlagen. Er hatte bereits eine gute Vorstellung davon, worauf das Gespräch hinauslaufen würde.

»Was tun Sie hier in Zams, Herr Moser?«, fragte der Beamte.

»Ich möchte einen Bekannten in Landeck besuchen.«

»Sie wissen schon, dass sich sämtliche Tiroler Gemeinden seit gestern in Quarantäne befinden?«

»Quarantäne?« Reinhard setzte einen tumben Gesichtsausdruck auf. »Was meinen Sie damit?«

»Die Covid-19-Verordnung des Landes besagt, dass eine Ausreise aus der Heimatgemeinde nur bei zwingenden, nicht verschiebbaren Gründen gestattet ist. Möchten Sie behaupten, nichts von dieser Verordnung gewusst zu haben?«

»Ja.«

»Bei Ihrem Wohnort handelt es sich um Telfs, ist das korrekt?«

»Ja.«

»Sind Telfs und Zams zwei unterschiedliche Gemeinden?«

»Ja.«

»Dann liegt eine Verwaltungsübertretung entsprechend der Covid-19-Verordnung vor. Wollen Sie das bestreiten?«

»Nein.«

»Gut. Sie haben die geltenden Covid-19-Restriktionen missachtet, ob aus Unwissenheit oder mit Vorsatz ist nicht von Belang. Ich stelle Ihnen ein Organmandat über neunzig Euro aus.« Ein schmales Lächeln erschien auf den Zügen des Polizisten. »Möchten Sie bar zahlen, per Kreditkarte oder einen Erlagschein erhalten?«

Reinhard war wütend; nein, *wütend* war definitiv untertrieben – er kochte vor Zorn. Was bildeten sich diese Polizeibeamten eigentlich ein? Nur, weil jetzt die Politik angesichts dieser neuen Viruserkrankung völlig durchdrehte, mussten sie deren hirnrissige Anordnungen doch nicht mit aller Schärfe kontrollieren? Am enervierendsten war jedoch der bewundernde Blick des jungen Polizisten gewesen, den dieser seinem älteren Kollegen während der Amtshandlung zugeworfen hatte.

Das reinste Macho-Gehabe, dachte Reinhard und beobachtete, wie die beiden Beamten zurück zu ihrem Fahrzeug gingen. Ihm war die Lust auf einen Aufenthalt in seinem Jagdrevier, wie er es ursprünglich geplant hatte, vergangen. Er musste woanders hin, musste etwas anderes tun; etwas, das ihn wieder zur Räson brachte.

Reinhard startete den Wagen, machte kehrt und bog auf die A12 Richtung Innsbruck. Bei Imst fuhr er von der Autobahn ab und weiter bis in die Ortschaft Tarrenz, wo er an der Sonnseite des Tals auf einem nicht einsichtigen Waldweg parkte.

Reinhard stieg aus dem Fahrzeug. Er zog seine grünbraune Jagdmontur an, die er vorhin bei der Polizeikontrolle glücklicherweise noch nicht getragen hatte. Wachsam blickte er sich nach allen Seiten um und nahm dann das kleinere seiner beiden Jagdgewehre mit dem 5,6mm Einstecklauf aus dem Kofferraum. Geduckt marschierte er in den Wald, wandte sich bergwärts und dann nach Osten. Er positionierte sich oberhalb einer Forststraße, welche Tarrenz mit seinem Ortsteil Obtarrenz verband. Mit ruhiger Hand lud er die Patronen in das Magazin, setzte seine Gehörschutzstöpsel ein, bettete den Gewehrlauf auf einen gefallenen Baumstamm und begab sich in Bauchlage.

Reinhard atmete tief und gleichmäßig. Dennoch kochten Wut und Aggression noch immer in ihm hoch. Er wusste nur von einem Weg, wie er diese überbordenden Emotionen rasch und effizient bändigen konnte.

Eine gebückte Gestalt geriet in Reinhards Sichtfeld und marschierte den Waldweg entlang. Es handelte sich um eine alte Frau, die ihren Hund spazieren führte – einen braunen Border Terrier; ein Jungtier, wie Reinhard nach einem konzentrierten Blick durch sein Zielfernrohr feststellte.

Ein Weibchen und sein Junges, konstatierte er und spürte, wie seine Hände feucht wurden. *Ausgezeichnet.*

Reinhard brachte die Büchse in Position. Der Schalldämpfer vor dem Jagdgewehr war groß und klobig, aber der Verkäufer hatte ihm versichert, dass er die Lautstärke um vierzig Dezibel reduzieren würde. Vor etwas mehr als einem

Jahr wäre die Verwendung einer solchen Vorrichtung noch gesetzwidrig gewesen. Gut, dass die Waffengesetznovelle dieses Problem beseitigt hatte – und ihm damit völlig neue Möglichkeiten eröffnete.

Reinhard blickte durch das Zielfernrohr. Die Entfernung betrug nur etwas mehr als hundert Meter, damit war keine Haltepunktveränderung notwendig. Reinhard sah, wie die alte Dame ihrem Hund ein Leckerli zusteckte. Das Tier wedelte mit dem Schwanz, wandte sich um und trabte, die Schnauze zum Boden gereckt, zwanzig Schritte vor seinem Frauchen die Forststraße entlang.

Es ist verboten, im Wald den Hund von der Leine zu lassen, dachte Reinhard und betätigte den Abzug.

Die Wirkung des Schalldämpfers war tatsächlich ausgezeichnet. Gemeinsam mit der gewehrinternen Unterdrückung des Überschallknalls klang der Schuss mehr wie ein Klatschen, denn wie das Abfeuern eines Hochgeschwindigkeitsprojektils. Die Wirkung war dennoch durchschlagend. Der Border Terrier wurde durch das Deformationsgeschoss von den Beinen gerissen und in das dahinter liegende Gebüsch geschleudert. Reinhard beobachtete, wie das Tier noch ein-, zweimal zuckte und dann still lag. Beinahe glaubte er, Verwunderung in dem ersterbenden Blick des Hundes zu erkennen – und die Aura des Lebensäthers, wie sie den kleinen, behaarten Körper für immer verließ. Ein wahrlich schöner Anblick.

Reinhard atmete aus, ließ die Waffe sinken und erhob sich. Seine Laune hatte sich schlagartig gebessert, all die unnötige Erregung und Verbitterung waren von ihm abgefallen. Die Wirkung eines selbst herbeigeführten Todes war über alle Zweifel erhaben.

Bis die Besitzerin des Hundes herausgefunden hatte, was ihrem Liebling zugestoßen war, gab es längst niemanden mehr, den man für den Abschuss zur Verantwortung ziehen konnte.

Reinhard machte sich auf den Rückweg zu seinem Wagen. Er summte die Melodie von *Im Frühtau zu Berge* und beschloss, sich am Abend etwas ganz Besonderes aus seiner Wildbret-Tiefkühltruhe zu gönnen: Ein knusprig gebratenes, in Rosmarinsoße geschmurgeltes Eichhörnchen.

59. Österreich, Tirol, Landeck, Nauders
Samstag, 21. März 2020, 10:00 Uhr

Paul stand nur mit einer Boxershorts bekleidet vor dem geöffneten Fenster seines Zimmers und blickte nach draußen. Der Himmel war bedeckt – und das entsprach durchaus seiner Stimmung. Dreimal war er seit seiner Ankunft in Tirol bereits zur österreichisch-italienischen Grenze gefahren und hatte nach einer Möglichkeit gesucht, nach Italien einreisen zu können. Das einzige Resultat war eine lebhafte, aber ergebnislose Diskussion mit den Grenzbeamten und eine Verwarnung von einer Polizeistreife gewesen. Dazu kam, dass er die letzten Nächte schlecht geschlafen hatte; okay, katastrophal traf es eher. Er war beinahe stündlich aufgewacht, hatte Schweißausbrüche erlebt und beängstigende Träume durchstehen müssen. In einigen von ihnen war Patricia schwer erkrankt, in anderen entfernte sie sich immer weiter von ihm und er wurde von einer unsichtbaren Kraft zurückgehalten. Leider hatte auch das Zirbenholzkissen nichts an seinen miserablen Nächten geändert. Trotz eines dicken Baumwollüberzugs waren die einzelnen Späne unangenehm auf der Gesichtshaut zu spüren gewesen und er hatte das Kissen bald zur Seite gelegt.

Das Läuten des Mobiltelefons riss Paul aus seinen trüben Gedanken. Er blickte auf das Display – und eine Welle freudiger Erregung fegte durch seinen Körper. *Endlich!*

»Mein Schatz, wie geht es dir?«

»Ganz gut.« Patricias Stimme klang jedoch nicht danach, sie wirkte müde und reserviert. Paul wusste sofort, dass etwas vorgefallen war.

»Was ist los?«

»Du wirst nicht begeistert sein.«

»Nun sag schon.«

»Ich komme noch nicht zurück.«

»Aber … deine Quarantäne endet morgen. Du darfst wieder nach Österreich einreisen. Ich habe mir gedacht, ich hole dich an der Grenze ab und wir fahren gemeinsam …«

»Ich kann Sofia nicht allein lassen«, flüsterte Patricia. Die Trauer in ihrer Stimme war nicht zu überhören. »Was würdest du tun, wenn deine Großeltern innerhalb weniger Tage sterben und sich deine Mutter in einem ernsten Zustand befindet?«

»Ich …« Paul verstummte. Ja, was würde er tun? Er dachte zurück an die letzten Tage mit seiner Mutter, ihr fahles, ausgemergeltes Gesicht und ihre flachen, japsenden Atemzüge, die sich jedes Mal in sein Herz gebrannt hatten. Er wusste, was es bedeutete, einen nahen Angehörigen zu verlieren. Vielleicht wäre alles anders gewesen, oder zumindest ein klein wenig erträglicher, wenn er in diesen Tagen der Verzweiflung menschlichen Beistand gehabt hätte.

»Du hast recht.« Paul entging nicht, dass seine Stimme belegt klang. »Du kannst Sofia und ihre Mutter nicht allein lassen. Ich verstehe dich.«

»Du bist mir nicht böse?«

»Nein.« Paul spürte, dass dieses Wort nicht einfach dahingesprochen war, sondern der Wahrheit entsprach. »Jetzt habe ich so lange ohne dich durchgehalten, ein paar Tage mehr oder weniger sind da nicht von Belang.«

»Danke.« Patricia klang aufrichtig erleichtert. »Ich verspreche dir, ich reise ab, sobald sich Francescas Zustand gebessert hat und die Situation ein bisschen ruhiger geworden ist.«

»Gut.« Paul bemühte sich, sämtliche Enttäuschung aus seiner Stimme zu verbannen. »Ich warte hier in Nauders auf dich, egal, was geschieht. Und ich werde noch einmal alle Möglichkeiten ausschöpfen – vielleicht finde ich doch einen Weg, zu dir zu gelangen.«

60. Deutschland, Berlin, Marzahn-Hellersdorf
Sonntag, 22. März 2020, 20:00 Uhr

Saras Herz klopfte, als sie den Wagen am Straßenrand abstellte und einen prüfenden Blick in alle Richtungen warf. Weder Passanten noch Fahrzeuge waren unterwegs, die Siedlung aus Einfamilienhäusern wirkte still und beschaulich, als stünde Weihnachten vor der Tür. Aber tatsächlich war eher das Gegenteil der Fall.

Sara stieg aus ihrem Wagen und zog fröstelnd den Mantelkragen hoch. Die Sterne blitzten von einem klaren Himmel, kein Mond war zu sehen. Der spürbare Ostwind transportierte eisige Luft heran – es war eindeutig zu kühl für einen illustren Abendspaziergang.

Aber das hatte Sara auch nicht vor. Nach einem weiteren aufmerksamen Blick in die Runde eilte sie über die Straße und betätigte die Klingel an der Tür des schmucken Einfamilienhauses, das mit seinen weißen Längsstreben und der überdachten Veranda einen amerikanischen Flair ausstrahlte.

Die Tür wurde schwungvoll aufgezogen und ein junger Mann mit dunklen Locken und einer grünen Designerbrille lächelte ihr zu.

»Hallo Michael.«

»Hey, Sara, schön, dass du gekommen bist.« Michael drückte sie an sich. Sara spürte Michaels warme Hände in ihrer Nierengegend – umgehend wanderte ein Glühen von ihrem Unterbauch zwischen ihre Beine. Rasch löste sie sich von ihrem Exfreund und sah betreten zu Boden.

»Komm nur herein.« Michael schien ihre Unsicherheit nicht zu bemerken. »Die anderen sind schon da.«

Sara trat in den Vorraum, zog sich Schuhe und Mantel aus. Im Wohnzimmer war die ganze Bagage versammelt: Rüdiger, Daniela, Heinrich, Samantha, Egon, Ferdinand, Beatrice – und natürlich Michael. Sara nickte in die Runde und nahm ein Cocktailglas von Heinrich entgegen, in dem eine grün-orangene Flüssigkeit schwappte.

Michael erhob das Wort. »Es freut mich, dass ihr alle gekommen seid. Wir sind hier zusammengetroffen, um ...«

»Scheiß' auf die Wichser von SPD und Grüne!«, grölte Egon dazwischen.

Sara verdrehte innerlich die Augen. Wie üblich war Egon der Erste, der zu viel Alkohol abbekommen hatte.

»Genau«, fuhr Michael fort, als wäre er nicht unterbrochen worden. »Und wir möchten darauf anstoßen, dass wir uns von den Kleingeistern in der Politik nicht unsere Freiheit und den Spaß am Leben nehmen lassen. Deshalb: Prost, meine Lieben!«

Sara kostete ihren Cocktail und musste zugeben, dass sich Heinrich wieder selbst übertroffen hatte. Welche Ingredienzien er auch immer verwendet hatte, sie ergaben eine hervorragende, süße und leicht saure Note, mit einem Hauch von Exotik und einer Extraportion mentholartiger Frische.

Sara stellte sich zu Rüdiger, Beatrice und Michael, die eine angeregte Diskussion führten.

»Michael, du arbeitest doch in einem Pharmaunternehmen«, sagte Beatrice gerade. »Was meinst du dazu?«

Der Angesprochene holte tief Luft. »Ich meine: Die Politik hat die Hosen gestrichen voll und nichts Besseres zu tun, als diese Angst an uns weiterzugeben. Jetzt bräuchte es mutige Entscheidungen – zum Beispiel die gezielte Ansteckung aller jungen, gesunden Menschen, etwa in den ohnehin leeren Hotels. Aber das ist natürlich etwas, das sich niemand in der Politik traut. Stell dir vor, es gibt schwere Fälle oder Tote – und natürlich wird es welche geben. Das will keiner verantworten. Aber ich sage euch, die Alternative wird viel schlimmer sein: Neue Mutationen des Virus' werden auftauchen, die ansteckender und gefährlicher sind. Man nennt das auch Escape-Strategie. Wenn wir jetzt keine Herdenimmunität der Basis aufbauen, wird sich Covid-19 ewig hinziehen.«

»Hört, hört!«, trompetete Egon, dessen Gang in auffälligen Schlangenlinien verlief.

Rüdiger räusperte sich und schüttelte gereizt den Kopf. »Mann, diese Verkühlung nervt. Seit gestern ist der Husten schlimmer geworden und mir kommt es vor, als schmecke ich nicht mehr richtig.«

»Du warst doch gerade erst in Tirol Skifahren, oder?«, erkundigte sich Michael.

»Jo. Du meinst …?«

»Klar. Das ist doch heute eine Corona-Party. Womöglich hast du uns gleich das passende Geschenk mitgebracht.«

Rüdiger lachte und musste prompt husten. »Vielleicht hab ich mich wirklich angesteckt. Eine Bekannte, die mit uns in Tirol war, ist positiv getestet worden.«

»Perfekt!« Michael grinste und umarmte seinen Freund. »Genau deshalb sind wir hier – damit wir uns alle anstecken und mit einem gekräftigten Immunsystem der Politik die lange Nase zeigen können.«

Sara war nicht überzeugt. »Was ist, wenn einer von uns einen schweren Verlauf hat?«

Michael wandte sich um und schenkte seiner Exfreundin ein einnehmendes Lächeln. Es war bestimmt kein Zufall, dass seine Hand ihre Hüfte berührte.

»Meine Liebe, wir sind jung, leidenschaftlich und kerngesund – was soll uns schon passieren?«

61. Österreich, Tirol, Landeck
Montag, 23. März 2020, 10:00 Uhr

Leonie fummelte an ihrer Umhängetasche herum, rieb ihre Hände aneinander, zog die Haube einen halben Zentimeter tiefer, betrachtete ihre Fingernägel, bohrte in der Nase, kramte nach ihrem Smartphone und blickte auf das Display. Viel Zeit blieb ihr nicht mehr. Den Apothekenbesuch hatte sie vor einer Viertelstunde erledigt und das Aspirin für sich, die Mexalentabletten für Karins Rückenschmerzen und den Meersalz-Nasenspray gegen Valerians verstopfte Nase besorgt. Wenn sie sich nicht bald auf den Rückweg begab, würde einerseits Magda misstrauisch werden und andererseits mochte sie von einem der immer wieder umherstreifenden Polizeibeamten zu ihrem – womöglich illegalen – Verweilen befragt werden.

Leonie fröstelte. Es war kühler als in den letzten Tagen. Sie hätte doch ihren Wintermantel anziehen sollen, aber jetzt war es für diese Einsicht zu spät. Sie hockte auf einer der Holzbänke, die den Platz schräg gegenüber der Stadt-Apotheke zur Mariahilf säumten. Worauf sie wartete, wusste sie selbst nicht genau, aber am ehesten schienen ihr die Worte *auf eine günstige Gelegenheit* angebracht zu sein.

Insgeheim schämte sie sich für das, was sie zu tun gedachte. Genau genommen sollte sie sogar entsetzt über sich selbst sein. Doch ihre Zweifel und Unsicherheit wurden von einem Verlangen überlagert, das in den letzten Tagen immer stärker geworden war. Diese innere Unruhe war auch der Grund, weshalb sie nicht auf Stefans Annäherungsversuche eingegangen war, die seit dem Vorfall mit ihrer Panikattacke offensiver geworden waren. Leonie hatte gedacht, sie hätte ihre Sucht bezwungen, war in ihrem Übermut davon ausgegangen, dass mit dem Ortswechsel nach Tirol und der Natur um sie herum alles anders werden würde. Die Panikattacke hatte dieses Kartenhaus aus Wünschen und Hoffnungen zusammenbrechen lassen. Jeden Tag gab es neue Horrormeldungen zu Covid-19 in den Medien, jeden Tag fühlte sie, wie ihre Stimmung weiter bergab ging. Bisher war es ihr gelungen, diese Veränderung vor den anderen zu verbergen. Doch heute Morgen hatte sie gespürt, dass ihre sorgsam gepflegte Fassade im Begriff war zu zerbröseln wie ein alter, trockener Keks. Sie konnte ihren Zustand nicht mehr leugnen oder verdrängen. Wenn sie nichts unternahm, würde sie in eine tiefe Depression verfallen und von weiteren Panikattacken nur so überrannt werden. Was dies für Valerian bedeutete, daran wollte sie lieber nicht denken; und auch nicht daran, was geschehen mochte, wenn das Familiengericht davon erfuhr.

Die Tür der Apotheke öffnete sich. Eine gedrungene Gestalt trat ins Freie. Es handelte sich um eine Frau mit weißen Haaren, mindestens fünfundsiebzig, vermutlich aber über achtzig, die zwei Einkaufstüten und eine Plastiktasche mit dem Logo der Apotheke schleppte. Die alte Dame ging gebückt, stützte sich auf einen Stock. Ihr Gesichtsausdruck war leer, sie blickte weder rechts noch links. *Alleine lebend*, dachte Leonie. *Erfüllt von negativen Gedanken, den Tod herbeisehnend. Beständige Schmerzen durch Rheuma oder Gicht.*

Die alte Dame bog nach rechts in das Kirchgassl ein, eine schmale, gepflasterte Straße, die eine deutliche Steigung aufwies.

Das ist meine Chance. Leonie erhob sich von ihrem Sitzplatz. Rasch, aber nicht so gehetzt, um aufzufallen, überquerte sie die Straße vor der Apotheke und folgte der davon schlurfenden Dame.

»Entschuldigen Sie«, sagte Leonie und überholte die Frau, die nur im Tempo einer Schildkröte vorankam. »Kann ich Ihnen behilflich sein?« Sie bot der Alten ihren Ellbogen als Stütze an.

Die Frau blickte auf. Sie musterte Leonie misstrauisch, doch dann kehrte ein Funken Leben auf ihre Züge zurück. Ein warmes Lächeln erblühte auf ihrem Gesicht und ließ deutlich werden, dass sie in ihrer Jugend eine bildhübsche Frau gewesen sein musste.

»Oh, das ist nett von Ihnen«, erwiderte die Alte und ergriff Leonies Oberarm. Ihre Stimme war sonor und erstaunlich tief. »Heute ist es besonders mühsam. Muss am Wetter liegen.«

»Wo wohnen Sie denn?«

»Nicht weit weg. In der Urichstraße, kennen Sie die?«

»Ich bin leider nicht von hier.«

»Sind nur vierhundert Schritte bis zur Apotheke. Ich habe sie mal gezählt. Aber die Treppe ist ganz schön steil, sehen Sie?«

Magda blickte in die angegebene Richtung und sah einen Aufgang mit Brüstung, der zur nächsten Geländekante emporführte.

»Ich nehme Ihnen die Taschen ab, dann geht es leichter«, sagte Leonie, als sie die Treppe erreichten.

»Danke.« Die alte Dame lächelte erneut. »Die jungen Leute sind nicht mehr so hilfsbereit wie früher. Alle haben sie Stress und können keine fünf Minuten entbehren. Danke, dass Sie sich Zeit für mich nehmen.«

»Kein Problem. Ich helfe gern.«

Sie erreichten die Oberkante der Treppe. Die Alte führte Leonie nach links und über den Marktplatz in die Urichstraße. Das Wohngebäude, in dem die Frau lebte, hatte eine graue, verwitterte Fassade, die ein Ebenbild des abgelebten Antlitzes ihrer Bewohnerin zu sein schien. Leonie half der Dame die letzten Stufen zum Wohnungseingang, wartete, bis diese die Tür aufgezogen hatte und reichte ihr die Taschen zurück.

»Haben Sie einen schönen Tag.« Leonie bemühte sich zu einem unbeschwerten Gesichtsausdruck. »Und bleiben Sie gesund.«

»Sie auch, junges Fräulein, Sie auch.«

Leonie winkte der alten Dame zum Abschied zu. Das Lächeln, dass ihr die weißhaarige Frau schenkte, brannte sich in ihr Herz, aber jetzt gab es kein Zurück mehr.

Leonie trat aus dem Hauseingang, wandte sich in Richtung ihres abgestellten Wagens und beschleunigte ihre

Schritte. Sie übersah eine Bordsteinkante, strauchelte, fing sich wieder, spürte, wie ihr schlechtes Gewissen erwachte und kämpfte die Empfindung nieder.

Es war der einzige Weg, versuchte sie sich selbst zu beschwichtigen. *Du hast der Frau ja kein Leid zugefügt.*

Leonie blickte verbissen auf den Gehsteig und vergrub die Hände in ihren Jackentaschen. Zwischen ihren Fingern raschelten die Medikamentenschachteln der alten Dame.

»Ah, da bist du ja endlich.« Magda empfing Leonie mit einer innigen Umarmung. »Beinahe habe ich mir Sorgen um dich gemacht.«

»Wirklich nicht notwendig«, beschwichtigte Leonie und zog ihre Jacke aus. »Die Apotheke war nur total überlaufen.«

»Na ja, kein Wunder bei der momentanen Situation.«

Sie traten ins Wohnzimmer. »Mama!«, rief Valerian erfreut, sprang von seinem Spiel mit den Bauklötzen auf und eilte auf seine Mutter zu. Leonie spürte, wie Tränen in ihre Augen traten, als Valerian ihren linken Oberschenkel umklammerte und mit seinen großen, leuchtenden Augen zu ihr aufblickte.

»Ich gehe noch kurz ins Bad und nehme eine Dusche«, sagte sie an Magda gewandt. »Schaust du so lange auf Valerian?«

»Klar, kein Problem.« Magda ging vor Valerian in die Hocke.

»Mama?«

»Ich bin in ein paar Minuten wieder da, mein Schatz.« *Schon wieder Tränen, verdammt.* Leonie wischte sie unauffällig beiseite. »Gehst du mit Magda Coco füttern?«

»Coco!«, krähte Valerian, wirbelte herum und trippelte auf den Käfig des Papageis zu.

Leonie nickte Magda zu und marschierte ins Badezimmer. Sie schloss die Tür sorgfältig hinter sich, erst dann kramte sie den Inhalt ihrer Hosentaschen hervor. Sie hatte die Medikamentenschachteln entfernt und nur die Tabletten und Pillen bei sich behalten. Ein Arzneimittel mit dem Wirkstoff Pregabalin war leider nicht dabei, wie sie bereits im Auto festgestellt hatte. Hingegen hatte ihre Beute Diazepam und Fentanyl – zwei Beruhigungsmittel – und Paroxetin – ein Antidepressivum – umfasst. Noch vor ihrer Heimfahrt hatte sie je eine Kapsel genommen, mit Wasser nachgespült und, da sich in ihrem Mund ein übler Geschmack breitmachte, zwei Schluck Nussschnaps getrunken, den sie von Magdas Mutter erhalten hatte. Leider war die erhoffte positive Wirkung der Medikamente bislang nicht eingetreten, wie sie durch ihre heftige emotionale Reaktion auf Valerian festgestellt hatte.

Leonie überlegte und nahm dann drei weitere Pillen – offensichtlich war keines der Medikamente so stark wie Pregabalin, da musste sie die Dosis eben erhöhen. Anschließend trat sie unter die Dusche und genoss es, fünf Minuten lang von einem feinen Nieselregen gewärmt zu werden. Hoffentlich verbesserte sich ihre Laune bald, denn sie wollte heute unbedingt noch mit Stefan sprechen. Vielleicht konnten sie einen gemeinsamen Spaziergang unternehmen, während Valerian sein Nachmittagsschläfchen hielt. Es wurde Zeit, dass sie endlich herausfand, ob Stefan …

Leonies Gesichtsfeld geriet in Bewegung und sie musste sich an der Duschkabinenwand abstützen, um nicht zu stürzen. Ihre Muskeln zitterten und in ihrer Brust manifestierte sich ein unangenehmer Druck, als befände sie sich auf einem Tauchgang.

Nicht gut, dachte Leonie beklommen, drehte das Wasser ab und stieg aus der Dusche. Sie war eindeutig wackelig auf den Beinen – zu wackelig. Leonie tastete nach ihrem Handy und schnappte sich die Medikamentenblister. Sie hätte die Packungsbeilagen der Arzneimittel doch nicht entsorgen sollen; schon wieder ein Fehler, der sie in Schwierigkeiten bringen mochte.

Diazepam – ein psychoaktiv wirksamer Arzneistoff aus der Gruppe der Benzodiazepine, las sie auf dem Display ihres Mobiltelefons. *Paroxetin – ein Antidepressivum vom Typ der selektiven Serotonin-Wiederaufnahmehemmer. Fentanyl – ein chemisch-synthetisch hergestelltes Opioid gegen starke bis sehr starke Schmerzen.*

Leonie schluckte. Sie hatte das Medikament verwechselt. Ein Schmerzmittel? Und noch dazu ein Opioid? Das war nicht gut. Sie googelte weiter. *Wechselwirkung mit anderen zentral wirkenden Substanzen.* Schlecht. Ganz schlecht. *Besonders gefährlich ist die Kombination von Benzodiazepinen, Antidepressiva und Alkohol. Atemschwäche, Herzrasen, bis hin zum Koma sind möglich.*

Scheiße.

Leonie spürte, wie ihr der Schweiß ausbrach. Lag dies an ihren neuen Erkenntnissen oder stand ihr Körper kurz vor einem Kollaps? Was sollte sie tun? Den Vergiftungsnotruf wählen? Versuchen, sich zu erbrechen? Aber eigentlich fühlte sie sich ganz gut, abgesehen von ihrem Schweißausbruch, dem Druck auf ihrer Brust, dem leichten Schwindel und … Okay, sie fühlte sich nicht gut. Am besten, sie ließ sich hier auf dem Hocker nieder und versuchte, ihre Gedanken und Emotionen unter Kontrolle zu bekommen. Mit einem klaren Kopf war es leichter, ihre Situation zu erfassen und eine vernünftige Entscheidung zu treffen, die …

Leonie spürte einen Stich in der Brust, wollte überrascht die Luft einziehen – doch das Atemholen klappte nicht wie geplant. Sie japste nach Luft, rutschte seitlich von dem Hocker und stürzte schwer zu Boden. Leonie wollte sich aufrichten, doch ihre Arme und Beine gehorchten ihr nicht mehr. Zudem verengte sich ihr Gesichtsfeld und sie meinte, eine sachte Bewegung des Bodens wahrzunehmen.

»Leonie?«

Eine Stimme, vertraut und wärmend. Eine Stimme, mit der sie viele intime Gespräche geführt hatte. Wie schade.

»Leonie? Alles in Ordnung? Ich habe ein Scheppern gehört.«

Leonies Finger suchten die Blister der Medikamente. Die mussten doch hier irgendwo liegen. Oder hatte sie die Tabletten und Pillen bereits in der Hand?

»Leonie?! Hörst du mich? Mach auf, verdammt!«

Ein Seufzen drang über Leonies Lippen. Weshalb fiel ihr das Atmen nur so schwer? Warum brachte sie keinen Ton heraus? Es gab so vieles, das sie Magda sagen wollte, so viele schöne Dinge, die sie mit ihrer Freundin geteilt hatte und gehofft hatte, noch teilen zu können.

Ein Knacken an der Tür, dann erhellte sich Leonies Gesichtsfeld. Schritte näherten sich.

»Ich hoffe, ich erwische dich nicht bei … Ach du scheiße!«

Verschwommen registrierte Leonie Magdas Umriss, wie sie zu ihr stürzte und neben ihr in die Hocke ging.

»Oh mein Gott, was ist passiert? Wie …?«

Leonie wollte etwas sagen, auf die Medikamentenblister deuten, sich bei Magda entschuldigen – doch das Einzige, das über ihre Lippen drang, war eine Mischung aus einem Stöhnen und Keuchen.

Leonie fühlte sich gepackt und hochgezogen. *Luft! Ich bekomme keine Luft*, wollte sie schreien, doch ihr fehlte der Atem dazu. Sie wusste nicht, was Magda mit ihr tat, fühlte ihre Extremitäten nicht mehr. Ein Summen und schwaches, unregelmäßiges Pochen in den Ohren. Flirrende Schatten, die ihr Gesichtsfeld weiter einschränkten. Dann war da etwas in ihrem Mund und …

Leonies Körper erbebte, als ihr Magen aufbegehrte und sich sein Inhalt durch ihre Speiseröhre und die Mundhöhle den Weg ins Freie bahnte. Sekunden später erbrach sie sich ein zweites Mal, beinahe schlagartig kehrte das Gefühl in ihre Arme und Beine zurück. Leonie spürte, wie sie von Magda auf die Seite gedreht wurde und vernahm ihre beruhigende Stimme, ohne die Worte jedoch verstehen zu können. Abermals ertönten Schritte, gefolgt von einem unterdrückten Aufschrei.

»Ruf die Rettung.« Das war Magdas Stimme. »Sie hat irgendwelche Medikamente genommen und sich erbrochen.«

Leonie atmete flach und unruhig, aber zumindest hatte sie nicht mehr das Gefühl, jeden Moment zu ersticken. In den folgenden Minuten klärte sich auch ihr Sichtfeld und sie konnte ihre Umgebung wieder klar erkennen. Offenbar hatte sie Magda zur Toilette gezerrt, dort ihr Erbrechen herbeigeführt und sie anschließend am Boden des Badezimmers in eine stabile Seitenlage gebracht.

»Die Rettung ist unterwegs.« Karin stand in der Tür, das Gesicht fahl, die Augen geweitet. Neben ihr drängte sich eine kleine Gestalt herein, verharrte kurz und stürmte dann auf Leonie zu.

»Mama!« Valerian warf sich zu Boden und umschlang Leonies Brustkorb mit seinen winzigen Armen. Er drückte seine Wange gegen ihre Rippen und schloss die Augen, als wollte er auf ihren Herzschlag lauschen.

»Alles gut«, presste Leonie hervor und ihre zittrige Hand fand Valerians wuscheligen Haarschopf. »Alles gut.«

Abermals vergingen einige Minuten, in denen sich Leonies Zustand weiter besserte. Magda säuberte ihr Gesicht mit einem feuchten Waschlappen, strich ihr in zärtlichen Bewegungen die Haarlocken zurück. Leonie fühlte sich behütet und geschützt, als lege sie in den Armen eines Mannes. Eine eigenartige Empfindung.

»Der Rettungswagen ist gleich da«, meldete Karin und musterte Leonie mit kritischen Blicken. »Du solltest ins Spital und dich untersuchen lassen.«

»Nein.« Leonie legte sämtliche Kraft in dieses eine Wort. »Nicht ins Spital. Bitte.«

»Aber ...«

»Bitte.«

Karin wechselte einen zweifelnden Blick mit ihrer Tochter, doch Magda zuckte nur die Schultern. »Ich denke, es ist ihre Entscheidung. Außerdem geht es ihr schon besser. Im Krankenhaus könnte sie Probleme bekommen – du weißt ja, Mama, wie ihre Lebenssituation ist.«

»Meinetwegen.« Karin wirkte nur wenig beschwichtigt. »Aber die Sanitäter sollen sie gründlich untersuchen. Und wenn es Leonie in den nächsten Stunden schlechter geht, fahre ich sie selbst ins Spital.«

Karin schwieg einen Moment und musterte Leonie mit einem strengen Blick, doch dann wurden ihre Gesichtszüge weicher. »Ich bin nur froh, dass dich Magda rechtzeitig gefunden hat. So wie es aussieht, hat dir meine Tochter das Leben gerettet.«

Drei Stunden später hatte sich Leonies Zustand so weit gebessert, dass sie sich selbstständig aufrichten und erste zaghafte Schritte machen konnte. Die beiden Sanitäter des Rettungswagens waren nicht lange geblieben. Sie hatten Leonie Sauerstoff gegeben, den Puls gemessen, ihr einige Fragen gestellt und ein Protokoll verfasst – in dem nun stand, dass Leonie irrtümlich Fentanyl in hoher Dosierung zu sich genommen hatte, wodurch sie an Schwindel und Muskelkrämpfen gelitten und sich erbrochen hatte.

Freilich handelte es sich bei dieser Geschichte nur um die halbe Wahrheit. Leonie war bewusst, dass sie ins Spital hätte fahren sollen, auch deshalb, um mögliche Komplikationen ausschließen zu können. Doch das wollte sie nicht riskieren. In ihrem Blut war der gesamte Medikamentencocktail nachweisbar. Das hätte unangenehme Fragen aufgeworfen und möglicherweise schwerwiegende Folgen gehabt. Nein, es war definitiv besser, wenn sie im Haus blieb.

Valerian war nach der Aufregung am Vormittag völlig überdreht gewesen und hatte Magda und ihrer Mutter alles abverlangt. Nun aber schlief er seelenruhig und mit offenem Mund in Magdas ehemaligem Kinderzimmer. Leonie und ihre Freundin saßen im Wohnzimmer beisammen und tranken Kräutertee. Karin war inzwischen einkaufen gefahren und mochte erst in einer Stunde wiederkommen.

»Ich habe mich noch nicht bei dir bedankt«, hob Leonie an. »Deine Mutter hat recht. Ohne dich wäre die Sache vielleicht nicht gut ausgegangen. Also danke.«

»Ich bin vor allem froh, dass ich mich doch noch an einiges aus meiner Ausbildung zur Sanitäterin erinnern konnte.« Magda lächelte schief. »Aber ja, ich nehme deinen Dank natürlich an.«

Sie schwiegen eine Weile. Dann war es Magda, die das Wort ergriff. »Es war damals sehr schlimm, als ich erfahren habe, dass ich keine Kinder bekommen kann. Dabei wollte ich immer welche, aus ganzem Herzen. Du weißt, dass sich mein Exfreund Tobias von mir getrennt hat, weil es nicht mit unserem Kinderwunsch geklappt hat. Aber es war nicht nur das. Ich habe zu diesem Zeitpunkt auch nichts mehr für ihn empfunden. Ich konnte es einfach nicht. Vielleicht deshalb, weil ich ihm tief in meinem Herzen die Schuld daran gegeben habe, dass ich keine Kinder bekommen kann – was natürlich Blödsinn ist. Außerdem …«

Magda verstummte, wich Leonies Blick aus und verschränkte die Hände im Nacken. Seltsamerweise hatte Leonie das Gefühl, dass Magda etwas verschwieg; doch das konnte nicht sein, denn ihre Freundin war die ehrlichste Person, die Leonie kannte.

Magda holte tief Luft. »Was ich damit sagen will: Kinder sind etwas Schönes, etwas Wunderbares; nein, sie sind ein Wunder! Willst du dieses Wunder wirklich an deine Medikamentensucht verlieren? Ich glaube, es ist an der Zeit, dass wir offen miteinander reden und die Tatsachen beim Namen nennen, auch wenn es hart klingt: Du bist kurz davor, Valerian zu verlieren. Vielleicht für immer.«

Leonie schluckte und spürte, wie Tränen ihre Wangen hinabliefen. Sie senkte den Blick – und fuhr überrascht zusammen, als ihr Magda die feuchten Perlen mit einem Taschentuch fortwischte. Doch ihre Überraschung verflog sogleich und ein dankbares Lächeln legte sich auf ihre Züge.

»Du hast so recht, Magda.« Leonie nahm die Hand ihre Freundin und drückte sie. »Genug ist genug. Ich bin unglaublich froh, dass ich dich habe. Ohne dich wäre ich verloren. Bitte, verlass mich nicht. Bitte hilf mir, dass ich mich in den Griff bekomme und Valerian ein normales und glückliches Leben schenken kann.«

Magda warf Leonie einen eigenartigen Blick zu. Etwas lag darin, das Leonie einen Schauer über den Körper jagte – aber es war ein wohliger Schauer.

»Ich werde dich niemals verlassen, Leonie. Wir schaffen das. Wir schaffen das gemeinsam.«

62. Spanien, Region Madrid, Alcorcón
Montag, 23. März 2020, 14:00 Uhr

Vor ihm lag die Hölle.

Gefreiter Adrian Ruiz Jiménez rang nach Luft, stützte sich am Türrahmen ab und stieß bei jedem Ausatmen ein keuchendes Geräusch aus, als habe er soeben einen Hundert-Meter-Sprint hingelegt. Dies lag jedoch weder an der FFP2-Maske vor seinem Gesicht, noch an dem luftundurchlässigen Schutzanzug, der lediglich sein Gesicht freiließ. Es war auch nicht darin begründet, dass er seit acht Stunden auf den Beinen war und in der vorherigen Nacht kaum geschlafen hatte.

Er und die Kameraden seiner Einheit befanden sich nicht länger in einer Seniorenresidenz. Es war ein Leichenschauhaus.

Adrian zählte sechs Betten. Sie alle waren belegt. Keiner der Gestalten regte sich. Und es war eindeutig zu still. Die einzigen Geräusche stammten vom Summen der Fliegen und einem beständigen, enervierenden Tropfen, das nicht nach Wasser klang.

»Ach du Schei…«

Leon war neben Adrian getreten und starrte ebenso betroffen in das Zimmer wie sein Kamerad.

»Die wurden einfach zurückgelassen«, murmelte Adrian und trat in den Raum. »Schau dir das an – teilweise steht noch das Essen am Bett.«

Ein Quieken erklang, und ein kleiner, brauner Schatten sprang von einem der Betten und flitzte hinter eine Kommode. Adrian fuhr zusammen – und verfluchte sich im gleichen Moment für seine Schreckhaftigkeit.

»War das eine Ratte?« Leons Stimme hatte ihren melodischen Bariton verloren.

»Sieht ganz so aus. Wollte sich die Nahrungsreste nicht entgehen lassen.«

Paula trat neben Adrian und Leon. Ihre Züge waren, soweit man das unter der Brille und Maske erkennen konnte, ohne Regung. »Daniel sagt, in dem Raum am Ende des Ganges liegen noch mehr. Der Leutnant hat bereits Meldung gemacht. Wir sollen die Toten abtransportieren.«

Adrian wandte sich seiner Kollegin zu. »Die haben uns gesagt, wir sind hier, um die Räume zu desinfizieren. Wohin sollen wir die Leichen denn bringen, bitteschön?«

»Wirst du nicht glauben: In den Madrider Eispalast.«

»Nicht dein Ernst.«

»Doch, sofern ich die Anordnung über Funk richtig verstanden habe.«

Adrian schüttelte den Kopf und trat an das erste Bett heran. Unter dem Laken lag ein Mann um die achtzig, dessen Kopfbehaarung sich auf weiße Strähnen im Schläfenbereich beschränkte. Sein Mund stand offen, die Augen ebenso. Die wächserne Blässe auf seinem Gesicht ließ keinen Zweifel daran, dass der Alte tot war.

Adrian ging weiter, warf einen Blick in das nächste Bett. Dort lag eine kräftig gebaute Frau mit Doppelkinn, vermutlich noch älter als der Mann zuvor. Ihre Augen waren geschlossen, aber ihr Antlitz wies etwas Farbe auf und wirkte weniger verfallen.

Adrian spürte, wie sich sein Herzschlag beschleunigte. Er beugte sich näher heran, streckte die behandschuhte Hand aus …

Ein Röcheln, und die Frau riss die Augen auf. Adrian schrak hoch, trat instinktiv zwei Schritte zurück. Im Blick der alten Frau standen Verwirrung und Panik.

»Wir brauchen einen Arzt«, stieß Adrian hervor. »Sofort.«

»Nicht nur einen.« Leon deutete auf eine Frau zwei Betten weiter, von deren zittrig erhobenem Unterarm eine helle Flüssigkeit tropfte. »Wir brauchen eine ganze Kompanie an Ärzten.«

63. Österreich, Tirol, Telfs
Mittwoch, 25. März 2020, 18:00 Uhr

Reinhard hockte am Küchentisch, die Hände flach auf die Tischplatte gepresst, den Blick starr auf seine Teetasse gerichtet. *Lieblingskollege* stand in verschnörkelten, bunten Buchstaben auf dem Becher – ein Geburtstagsgeschenk seiner Abteilung vor ein paar Jahren.

Reinhards Blick löste sich von der Tasse und irrte umher. Die Quarantäne tat ihm nicht gut. Überhaupt nicht. Er kam kaum noch aus dem Haus, selbst die Gartenarbeit bereitete ihm keine Freude mehr. Erinnerungen drängten sich auf, lang zurückliegende Ereignisse von einer Tragweite, die niemand in seinem derzeitigen Freundes- und Bekanntenkreis ahnte.

Reinhard starrte ins Leere. Er wusste nicht mehr, was er damals empfunden hatte, als seine Mutter von ihm gegangen war. Sieben Jahre war er alt gewesen und seine Erinnerungen an diesen Tag blieben vage Schemen, trotz der zahlreichen Therapiestunden und Rückführungsseminare, die er früher besucht hatte. Ein einziges Bild war erhalten geblieben, von dem er allerdings nicht sicher sein konnte, ob es der Wahrheit entsprach: Sein Vater, wie er nur mit einer Unterhose bekleidet auf der Couch hockte und mit der Bierflasche in der einen Hand und dem Revolver in der anderen auf seine Mutter anlegte.

Angeblich hatte sie der Kopfschuss sofort getötet. Reinhard war jedoch davon überzeugt, dass man ihm dies nur hatte weismachen wollen; schon deshalb, weil er als junger Erwachsener durch einen befreundeten Polizisten die Ermittlungsakte hatte ausheben können. Die Fotos der Leiche zeigten, dass das abgefeuerte Projektil die obere Luftröhre zerrissen hatte. Vermutlich war seine Mutter qualvoll erstickt.

Reinhard erinnerte sich an die protokollierte Aussage seines Vaters, wonach er nur einen Schreckschuss hatte abgeben wollen. Glücklicherweise hatte ihm das vor Gericht niemand geglaubt und er war lebenslänglich hinter Gitter gewandert – wobei es in seinem Fall nur fünf Jahre wurden, da man ihn eines Tages mit einer Überdosis Heroin tot in seiner Zelle fand.

Reinhard schüttelte mechanisch den Kopf und erhob sich. So ging es nicht weiter. Er brauchte Ablenkung. Sonst geriet er in einen Zustand, der ihm schon zwei-, dreimal beinahe das Leben gekostet hatte; und obwohl er den Tod verehrte, wollte er seine diesseitige Existenz doch so lange als möglich auskosten.

Wie von fremder Hand gelenkt, trat Reinhard auf seinen Waffenschrank zu. Er nahm eines der Jagdgewehre an sich, öffnete die Tür zum Balkon. Sein Haus befand sich im nördlichen Teil von Telfs unweit der Kirche zu Sankt Georg, sodass er durch das abfallende Gelände weite Teile der Kleinstadt überblicken konnte.

Reinhard ging in die Hocke, schob den Lauf der Büchse durch eine der herzförmigen Öffnungen, welche die hölzerne Balkonbrüstung zierten. In Kürze ging die Sonne unter, aber noch war es hell genug, um alle Details ausmachen zu können. Reinhard presste sein rechtes Auge gegen das Zielfernrohr, bewegte den Gewehrlauf in Richtung Ortszentrum.

Der Kinderspielplatz Wildumanger war gut besucht. Mehrere Mütter und Väter befanden sich mit ihren Kindern auf der Fläche, und dies trotz der geltenden Einschränkungen und offiziellen Sperren von Sportstätten und Spielplätzen. Reinhard richtete das Fadenkreuz auf den Rücken einer Frau, die zwei Kinder am Klettergerüst beobachtete. Er schwenkte zur Seite, nahm den Kopf einer Brünetten ins Visier, danach den Wanst einer korpulenten Dame, die einen Kinderwagen schob und eine bunte Haube trug.

Eine junge Frau mit blonden Haaren führte ihr Kleinkind an der Hand. Dicht hinter ihr ging ein bulliger, groß gewachsener Mann, womöglich ihr Gatte. Die junge Frau blickte in Reinhards Richtung. Es war unmöglich, dass sie ihn und das Gewehr auf die Entfernung von mehr als einem halben Kilometer wahrnehmen konnte, aber für einen Augenblick sah es so aus, als spüre sie die Gefahr und sehe ihr direkt ins Gesicht.

Reinhard korrigierte die Lage des Jagdgewehres, brachte das Zielfernrohr in Position, dessen Fadenkreuz nun genau auf die Brust der Frau gerichtet war. Das Kind schien zu spüren, dass etwas nicht stimmte, denn es blickte zu seiner Mutter auf. Reinhard meinte ein bitteres Lächeln auf den Zügen der jungen Frau zu erkennen. Er verschob die Position seines Gewehrs um eine weitere Winzigkeit.

»Poff«, sagte Reinhard und betätigte den Abzug.

64. Italien, Lombardei, Bergamo
Donnerstag, 26. März 2020, 11:00 Uhr

Patricia machte sich Sorgen, große Sorgen. Dies lag nicht an ihr, an Sofias Familie oder den Zuständen hier in Italien. Sie machte sich Sorgen um Paul. Die letzten Male am Telefon hatte er nicht gut geklungen. Er wirkte verwirrt, unkonzentriert, empathielos und todernst – nichts davon war seine Art. Wenn sie in den letzten Tagen videotelefoniert hatten, waren Patricia seine bleichen Wangen, die verfilzten Haarlocken und schwarzen Halbmonde unter seinen Augen aufgefallen. Paul bekam definitiv zu wenig Schlaf; und leider wusste sie auch, woran dies lag.

Patricias seufzte tief, hob den Kopf und warf den Wolken am Himmel einen finsteren Blick zu. Seit dem Ende ihrer Quarantäne hatte sie an jedem Tag zwei oder drei Spaziergänge unternommen, allein deshalb, weil ihr im Haus allmählich die Decke auf den Kopf viel. Aus naheliegenden Gründen war die Stimmung in Sofias Familie gedämpft. Die Trauer um den Tod von Sofias Großeltern hing in dem Gebäude wie ein schwerer, feuchter Nebel, der immer wieder aufwallte und seine Bewohner zu bedrängen schien. Immerhin war Francesca nun endgültig auf dem Weg der Besserung, hatte kein Fieber mehr und auch ihre Atembeschwerden waren im Abklingen.

Ich muss zurück, dachte Patricia zum wiederholten Mal. *Paul braucht mich, genauso, wie mich Sofia gebraucht hat.* Doch wie sollte sie das ihrer Freundin erklären? Wie konnte sie guten Gewissens nach Österreich reisen, wenn sie gleichzeitig wusste, dass es nicht gut um Sofia stand? Mehrmals war ihre Freundin in den letzten Tagen in ihren Armen gelegen und hatte bitterlich geweint.

Ich muss mit Sofia sprechen, beschloss Patricia. Sie beendete ihren Spaziergang, trat durch den Vorgarten und das halbbogenförmige Eingangstor des Hauses. Sofia war in der Küche und gerade damit beschäftigt, Teller, Töpfe und Gläser aus dem Geschirrspüler zu räumen.

Patricia trat zu ihr. »Hast du Zeit, dass wir uns unterhalten?«

Ein wehmütiges Lächeln erschien auf Sofias Gesicht. »Ich wusste irgendwie, dass du mich das fragen wirst. Aber ja, ich habe Zeit. Gehen wir in mein Zimmer.«

Die beiden Frauen marschierten in den ersten Stock und ließen sich im Schneidersitz auf dem Teppich vor Sofias Bett nieder.

»Ich kann nicht länger bleiben, Sofia.«

»Ich weiß.« Die Augen von Patricias Freundin lagen tief in den Höhlen, aber auf ihren Zügen lag ein Ausdruck von Mitgefühl und Verständnis. »Ich habe dich viel zu lange aufgehalten.«

»Nein, hast du nicht. Ich konnte und wollte dich nicht alleinlassen. Du bedeutest mir viel, das weißt du.«

»Ja. Du mir auch.« Sofia lächelte schwach und fuhr sich durch ihre roten Haare. »Meiner Mutter geht es laufend besser, wir kommen also klar.«

»Ich möchte nicht, dass du glaubst, ich …«

»Nein, das glaube ich auch nicht«, unterbrach sie Sofia mit sanfter Stimme. »Du hast schon so viel für mich und meine Familie getan. Doch deine Eltern leben in Österreich. Und dann ist da natürlich noch Paul.«

Ein schelmisches Grinsen erschien auf Sofias Zügen. »Ich hätte nie gedacht, dass ich das mal sage, aber: Ich beneide dich um ihn. Was Paul in den letzten Tagen alles unternommen hat, um dich wiederzusehen, wie er mit dir umgeht, dir seine Zuneigung entgegenbringt … Mag sein, dass seine romantische Ader ein wenig zu ausgeprägt ist, aber ich habe keine Zweifel daran, dass er dich über alles liebt.«

Patricia senkte den Kopf. »Danke für deine schönen Worte. Ich liebe ihn auch.«

»Ich weiß. Deshalb wird es Zeit, dass ihr euch wiederseht. Fahr zu ihm. Küsse und umarme ihn. Genieße die Zeit, die ihr zusammen habt.«

Patricia spürte, wie ihre Augen feucht wurden. Sie warf sich an Sofias Hals, unterdrückte ein Schluchzen und atmete tief aus und ein. »Danke für deine Freundschaft.«

»Ich habe zu danken. Du weißt, ich glaube noch immer, dass wir Seelenverwandte sind. Unsere Freundschaft überdauert vielleicht sogar mehrere Leben.«

»Das wäre schön.« Patricia löste sich von Sofias Brust und schenkte ihr ein Lächeln. »Ich werde morgen mit dem Taxi zur österreichischen Grenze fahren. Paul rufe ich an, sobald ich unterwegs bin. Nicht, dass etwas dazwischenkommt und ich ihm falsche Hoffnungen mache. Ich glaube, das verkraftet er nicht.«

»Recht hast du.« Sofia lächelte ebenfalls. Jetzt war sie es, die Patricia umarmte und in deren Augen Tränen glitzerten. »Ich wünsche dir von Herzen alles Gute. Hol dir deinen Mann zurück!«

65. Österreich, Tirol, Telfs
Freitag, 27. März 2020, 07:00 Uhr

Genug ist genug. Reinhard ballte die Hand zur Faust und schlug mit aller Macht auf den Küchentisch, sodass der Frühstücksteller schepperte und Flüssigkeit aus seiner Kaffeetasse schwappte.

Es war ein Fehler gewesen, das Radio aufzudrehen und die Nachrichten zu hören. Corona, Corona, Corona – es schien kein anderes Thema mehr zu geben. Reinhard ertrug die Angstmache, die Ausflüchte der Politik und die Einschränkungen der persönlichen Freiheit nicht länger. Weshalb sprach niemand von den Millionen Kindern, die jedes Jahr in Afrika verhungerten? Wo waren die Naturzerstörung und der drohende Klimakollaps geblieben?

Reinhard wusste auch, woran dieses scheinheilige Getue lag: Der westlichen, todesverneinenden Welt wurde vor Augen geführt, dass sie nicht unantastbar war; und das drohte deren neoliberalistische, konsumorientierte Strukturen zu gefährden. War es Zufall, dass das Virus in erster Linie für alte und kranke Menschen gefährlich war? Natürlich nicht. Covid-19 war ein Geschenk; und auch wenn Reinhard an keinen Gott glaubte, so hielt er es doch für möglich, dass die Erde eine Seele besaß und eine Seuche geschickt hatte, die der menschlichen Überalterung und drohenden Überbevölkerung des Planeten einen Riegel vorschieben sollte.

Klar, dass sich die technisierte Welt der wohlhabenden, prätentiösen Staaten, in denen die Alten die Polarisierung und das Patriarchat trugen, nicht mit einem solchen Szenario abfinden konnten. Es musste etwas dagegen getan werden – koste es, was es wolle!

Genug ist genug.

Reinhard erhob sich und war mit einem Mal völlig ruhig. Quarantäne und Ausgangssperren hin oder her, es wurde Zeit, dass er sich von diesem Irrsinn nicht weiter in den Wahnsinn treiben ließ. Es wurde Zeit, seine Freiheit, den Moment und seine Gelüste zu leben.

Reinhard suchte seine Ausrüstung zusammen. Er griff nach dem schweren Repetiergewehr mit dem 7,8mm Einstecklauf und den hochwildtauglichen .300 Winchester Magnum Patronen. Tarnoutfit, Handschuhe, Jagdmesser, Feldstecher, Gehörschutz – jeder Handgriff geübt und abgestimmt, jedes Gepäckstück ein kleiner Funken Freiheit. Sollten sich andere ängstlich in die Hosen scheißen, bibbernd vor den Fernseher kauern und glauben, dass der Tod direkt hinter ihnen stand und seine Sense wetzte. Reinhard war aus einem anderen Kaliber geschnitzt. Er wusste, dass der Tod nur eine Verlängerung des Lebens war, wusste, was es bedeutete, in Leid und Furcht zu leben. Und das Leben war zu kurz, um es mit negativen Empfindungen zu vergeuden.

Reinhard riss die Eingangstür seines Hauses auf und atmete tief ein. Die Luft war frisch und klar, der Himmel nahezu wolkenlos. Ein warmer, sonniger Tag stand bevor. Offiziell war für das meiste jagdbare Wild, darunter auch Rot- und Rehwild, Schonzeit. Aber bekümmerte ihn das? Nein, nicht im Geringsten.

Reinhard marschierte zu seiner Garage und spürte, wie seine Laune steil bergauf ging. Jetzt gab es nichts mehr, das ihn halten konnte – die Jagd rief nach ihm!

66. Österreich, Tirol, Landeck, Kaunerberg
Freitag, 27. März 2020, 08:00 Uhr

»Hey, Leonie.« Magda blickte aus der Küchentür ins Wohnzimmer. »Komm einmal her.«

»Ist etwas mit Valerian?« Leonie warf die Zeitung beiseite, sprang auf, eilte zu ihrer Freundin in die Küche – doch sie verharrte unter dem Türrahmen, als sie sah, dass Valerian fröhlich plappernd im Kinderstuhl saß und eine Banane aß.

Magda wandte sich dem Kleinen zu. »Valerian, sagst du einmal Banane?«

»'anane.«

»Sehr gut! Sagst du Nase?«

»Nase.« Valerian tippte sich mit beiden Händen gegen sein Stupsnäschen und grinste so breit, dass seine Milchzähne hervorblitzten. Weißgelbes Bananenmus blieb auf seinen Nasenflügeln kleben und bröckelte langsam ab.

»Na super.« Leonie lachte. »Ich hoffe, du machst ihn nachher sauber.«

»Klar doch.« Magda zwinkerte ihrer Freundin zu. »Schließlich habe ich ihm den Unsinn beigebracht.«

Es klingelte an der Tür.

»Das muss Stefan sein«, sagte Magda und blickte auf die Küchenuhr. »Er hat gemeint, dass er um acht vorbeikommt und uns Brot vom Bäcker bringt.«

»Ich mach schon auf«, erklang Karins Stimme aus dem Vorzimmer.

Eine Minute später stand Stefan im Raum, auf seinen Zügen das gewohnt einnehmende Lächeln. »Ich sehe, ich komme gerade richtig zur Essensschlacht.« Er legte eine Papiertüte auf die Anrichte, aus der es verführerisch nach frisch gebackenem Brot duftete.

»Untersteh dich.« Magda hob mahnend den Zeigefinger. »Ich bin die Einzige hier, die mit Valerian herumblödeln darf.«

»Ach? Darfst du das?« Leonie zog die Augenbrauen hoch.

»Ja, ich darf. Erstens, weil ich die lustigsten Einfälle habe und zweitens, weil du dich sowieso schonen solltest.«

Leonie warf Magda einen warnenden Blick zu. Sie hatten Stefan nichts von dem Vorfall am Montag erzählt und Leonie wollte, dass es dabei blieb – zumindest so lange, bis sie die ersten geplanten Gespräche mit Ärzten und Therapeuten geführt hatte und wusste, wie es bei ihr weiterging.

Doch Stefan schien mit den Gedanken ohnehin woanders zu sein. »Habt ihr vorhin das mit der Dunkelziffer auf Ö3 gehört?«

Leonie ahnte nichts Gutes, doch ihre Neugierde ließ sie nachfragen: »Nein, was denn?«

»Angeblich wird die Anzahl der Covid-19-Fälle deutlich unterschätzt. Die Hälfte der Infizierten bei uns hat keine Symptome und wird deshalb auch nicht getestet. Das heißt, praktisch jeder könnte das Virus in sich tragen und unbemerkt andere infizieren.«

Instinktiv wollte Leonie einen Schritt vor Stefan zurückweichen, doch sie riss sich zusammen. *Sei nicht so ängstlich! Deine Unsicherheit ist ein wesentlicher Grund für deine Sucht. Gib ihr keinen Raum, dir zu schaden.* Dennoch überkam sie ein unangenehmes Gefühl und sie spürte, dass Stefans Worte in ihrem Inneren umhersprangen wie Ping-Pong-Bälle. Es wurde definitiv Zeit für Bewegung und ein wenig Freiraum.

»Kommst du mit Valerian klar?«, wandte sie sich an Magda. »Ich brauche ein bisschen Frischluft und werde einen Spaziergang machen.«

»Kein Problem.« Magda nickte und grinste Valerian zu. »Wir beide verstehen uns prächtig.« Wie zur Bestätigung ließ der Kleine im gleichen Moment ein glucksendes Geräusch vernehmen.

»Soll ich dich begleiten?«, fragte Stefan. In seinen dunklen Augen lag ein verdächtiges Funkeln.

Leonie lächelte schwach. »Das nächste Mal gern. Ich möchte kurz für mich sein.«

»Okay, dann viel Spaß.«

Leonie blieb die sachte Enttäuschung in Stefans Blick nicht verborgen, aber sie ließ sich davon nicht irritieren oder ein schlechtes Gewissen einreden. Sie musste mehr auf ihre Empfindungen und Bedürfnisse hören, so viel war ihr inzwischen klar geworden – und momentan wollte sie bloß allein unter dem freien Himmel marschieren und den Augenblick genießen.

Leonie gab Valerian einen Kuss auf die Wange, schenkte Magda ein Lächeln, nickte Stefan zu und zog sich an. Als sie zwei Minuten später ins Freie trat, verhielt sie einen Moment auf der Türschwelle und sog die frische Bergluft in ihre Lungen. Die Sonne strahlte von einem wolkenlosen Himmel und es versprach ein schöner und warmer Frühlingstag zu werden.

Frühling ist gut, dachte Leonie, als sie sich mit besonnenen Schritten vom Haus entfernte und die schmale Straße bergauf marschierte. *Frühling bedeutet Erwachen, Wachstum und Neubeginn. Genau das, was ich jetzt brauche.*

Paul gähnte herzhaft und rieb sich die brennenden Augen. Dabei verriss er das Lenkrad und wäre beinahe rechts in den Straßengraben gefahren. Er fluchte leise, wurde langsamer und warf einen Blick auf das Ortsschild, das er soeben passierte. *Kaunerberg. Was ist denn das für ein seltsamer Name?* Paul gähnte abermals und setzte die Fahrt fort, wobei er seinen Blick zur Seite pendeln ließ – und nach einem Wunder Ausschau hielt.

Er war in den letzten Tagen rastlos in der Gemeinde Nauders unterwegs gewesen, hatte Erkundigungen eingezogen und mehr oder weniger raffinierte Ideen durchgespielt, wie es ihm doch gelingen mochte, nach Italien und zu Patricia zu gelangen. Im Endeffekt erschien ihm unter den gegebenen Umständen nur ein einziger Plan realistisch und durchführbar – aber dafür benötigte er zunächst italienische Autokennzeichen. Er hatte überlegt, ein passendes Fahrzeug zu stehlen, aber die Nummerntafeln zu entwenden, erschien ihm weniger aufwendig und vor allem unauffälliger. Wenn er die Kennzeichen mit denen seines Wagens tauschte, mochte der Fahrzeugbesitzer eine Weile gar nicht merken, dass es sich um andere Nummernschilder handelte.

Also hatte sich Paul in den letzten Tagen zuerst in der Ortschaft Nauders und anschließend auch in den Nachbargemeinden bewegt, um Fahrzeuge mit italienischen Kennzeichen zu finden. Inzwischen war er bereits zweimal von der Polizei kontrolliert worden, hatte sich jedoch mit seiner Masche des Frankfurter Geschäftsreisenden aus der Affäre ziehen können. Seine Suche nach einem geeigneten Pkw war indessen noch nicht von Erfolg gekrönt. Zwar waren ihm mehrmals Fahrzeuge mit italienischen Kennzeichen aufgefallen, aber stets hatte es Komplikationen gegeben. Entweder war der Fahrzeugbesitzer im Wagen gesessen, es hatte sich um einen gut einsichtigen Parkplatz gehandelt oder in der Nähe waren zu viele Menschen gewesen. Einmal hatte er auch ein Fahrzeug mit einem italienischen Diplomatenkennzeichen entdeckt, das zwar auf der einen Seite freie Fahrt über die Grenze bedeutet hätte, aber gleichzeitig bestimmt aufgefallen wäre.

Inzwischen zweifelte Paul ernsthaft daran, dass sein Plan jemals aufging. Es gab zu viele Unsicherheiten und potenzielle Komplikationen, außerdem war er weder ein Dieb noch ein Lügner. Er sollte einen anderen Weg gehen und Patricia endlich davon überzeugen, dass sie …

War das gerade …? Paul trat auf die Bremse. Er ließ seinen Wagen zurückrollen, bis er in die Einfahrt blicken konnte, an der er soeben vorbeigefahren war.

Bingo, frohlockte Paul und spürte, wie ihn ein Schwall Euphorie erfasste. Er warf einen raschen Blick in den Rückspiegel, sah sich nach allen Seiten um. Kein Mensch zu sehen. Gut so.

Paul wendete das Fahrzeug und stellte es einige Dutzend Schritte hangabwärts am Straßenrand ab. Mit klopfendem Herzen setzte er sich seine schwarze Sonnenbrille und die Schirmkappe auf, öffnete die Fahrertür. *Verdammt, ich bin so ein Dilettant!* Aber wenn dies die einzige Möglichkeit war, Patricia wiederzusehen, war ihm das egal.

Paul blickte sich abermals um, dann ließ er sich vor der Motorhaube seines Wagens in die Hocke gleiten, demontierte das Nummernschild und verstaute es in der mitgebrachten Plastiktüte. Mit dem rückseitigen Kennzeichen verfuhr er ebenso, anschließend spazierte er die Straße entlang, bis er vor der Fassade des Einfamilienhauses stand. Die

Parkfläche war durch eine Baumreihe auf der anderen Seite des Fahrweges von den umliegenden Gebäuden der Ortschaft nicht einsehbar. Da sie außerdem überdacht war, hatte man auch von den Fenstern des Hauses keinen Einblick. Eine solche Chance bekam er nie wieder.

Paul huschte in die Einfahrt und duckte sich hinter eine Mülltonne. Mit klopfendem Herzen wartete er darauf, dass sich ein Fenster oder die Eingangstür öffnete und ihn jemand zur Rede stellen wollte. Doch es blieb ruhig. Niemand schien ihn gesehen zu haben.

Erst jetzt erlaubte sich Paul, seinen Fund genauer in Augenschein zu nehmen. Neben der Garagenausfahrt stand ein alter, grauer Toyota – mit italienischem Kennzeichen. Zudem war in dem blauen Feld auf der rechten Seite des Nummernschildes die Kombination *BG* aufgeklebt; was für die Provinz Bergamo stand.

Paul konnte sein Glück kaum fassen. Das war wie ein Sechser im Lotto. Jetzt durfte er diese Gelegenheit nur nicht verstreichen lassen. Er blickte sich abermals um. Auf der anderen Seite der Garageneinfahrt standen ein Minivan und ein VW-Bus, es war also wahrscheinlich, dass jemand daheim war. Er durfte keine Zeit verlieren.

Pauls Mobiltelefon vibrierte in seiner Jackentasche. Er ahnte, dass ihn Patricia anrief, so wie jeden Morgen. Auch wenn sein innerer Drang, den Anruf entgegenzunehmen, groß war, hielt er sich zurück.

Zuerst die Nummernschilder, dachte Paul und ging in die Hocke. *Dann rufe ich Patricia zurück und kann ihr endlich eine frohe Botschaft verkünden.*

Leonie blieb stehen und kniff die Augen zusammen. Der Typ war ihr nicht geheuer. Er war auf den Wagen von Magdas Vater zugetreten, ein paar Schritte zurückgewichen, hatte aufmerksame Blicke in die Runde geworfen – ohne Leonie zu entdecken – und war anschließend hinter dem Kofferraum in die Hocke gegangen. Nun machte er sich an dem Nummernschild des Toyotas zu schaffen.

Ein Autodieb, durchfuhr es Leonie und sie fühlte, wie die Angst in ihre Kehle kroch, sich gleich einem Ballon aufblähte und sämtliche anderen Emotionen zu schlucken drohte.

Nein, dachte Leonie entschieden. *Nicht heute. Ich habe dem Tod ins Gesicht gelacht. Ich werde auch diesem Schurken ins Gesicht lachen!*

Leonie gab sich einen Ruck und trat von hinten an den Unbekannten heran.

Paul spürte, wie ihm der Schweiß ausbrach. Weshalb ließ sich dieses verdammte Nummernschild so schlecht ablösen? War die Haltevorrichtung verzogen? Jeden Moment mochten die Bewohner des Hauses nach draußen treten und ihn entdecken. Vielleicht war es besser, wenn er …

»Was machen Sie da?«

Paul fuhr herum, die Hände in einer abwehrenden Haltung vor das Gesicht gestreckt – und ließ sie langsam sinken. Es war eine junge, hübsche Frau mit brünetten Locken und einer süßen Stupsnase, die ihm einen halb fragenden, halb alarmierten Blick zuwarf.

Ruhig Blut, dachte Paul. *Du bekommst das hin.*

»Ich weiß, wie das aussehen muss.« Paul erhob sich bedächtig, nahm seine Sonnenbrille ab, verstaute sie in seiner

Jackentasche und streckte die offenen Handflächen entschuldigend zur Seite. »Ich bin kein Dieb. Ich brauche nur die Kennzeichen, um damit über die Grenze zu fahren.«

»Grenze? Was meinen Sie?«

Paul registrierte das Flackern in dem Blick der jungen Frau. *Ein falsches Wort und sie gerät in Panik. Ich muss behutsam sein, sonst ist alles verloren.*

»Meine Verlobte befindet sich in Norditalien«, hob Paul an und fragte sich, weshalb in seinem Hals auf einmal ein Kratzen lag. »Ich will zu ihr, aber dazu …«, er räusperte sich, »… brauche ich andere Nummernschilder, sonst lassen die mich niemals ins Land.«

Der Blick der jungen Frau wirkte ein klein wenig besänftigt. »Warum kommt Ihre Freundin nicht nach Österreich zurück?«

»Das Problem ist, dass die Familie ihrer besten Freundin an Corona …« Der Hustenreiz wurde übermächtig. Paul riss den Arm empor und erleichterte sich mit einem bellenden Laut in seine Armbeuge.

Keine gute Idee, schoss es ihm durch den Kopf, als die junge Frau die Augen und den Mund aufriss und einen furchtsamen Schritt zurückwich.

»Bitte«, presste Paul hervor. »Bleiben Sie ruhig, ich …«

»Sind Sie krank?« Das Flackern in dem Blick der Unbekannten war wieder da.

»Nein, ich habe nur irgendwas in die Lungen bekommen.« Paul hob flehentlich die Hände, trat auf die junge Frau zu. »Bitte, ich …«

»Zurück! Sie sind infiziert!«

Jetzt war sie da, die Panik. Paul gewahrte sie in den Augen der Unbekannten wie explodierende Silvesterraketen. Seine innere Überzeugung drängte ihn kehrtzumachen und die Flucht zu ergreifen, doch stattdessen trat er einen weiteren Schritt auf die junge Frau zu. »Nein, ganz bestimmt nicht, ich …«

»Zurück!«

»Hören Sie doch …«

Er sah die Bewegung nicht kommen. Mit einem Mal fühlte er sich vor die Brust gestoßen, stolperte rückwärts, geriet aus dem Gleichgewicht, stürzte nach hinten … Eine rote Woge aus Schmerz explodierte in seinem Schädel, dann war da nichts mehr.

Ach du Scheiße, dachte Leonie, die mit weit aufgerissenen Augen dastand und zur Salzsäule erstarrt war. *Was habe ich getan?*

»Hallo?«, flüsterte sie. »Alles in Ordnung?«

Der Unbekannte regte sich nicht. Er lag mit dem Rücken am Asphalt, dicht neben der Steinmauer, die den Parkplatz vom Garten abgrenzte. Die Schirmkappe war von seinem Kopf gerutscht und entblößte blonde Locken. Sein Gesicht war zur Seite geneigt, die Augen halb geschlossen; außerdem zeigte sich eine rötliche Verfärbung an seinem Hinterkopf, die sich allmählich ausbreitete und …

Schlagartig erfasste Leonie Übelkeit. Sie schloss für einen Moment die Augen und hielt die Luft an. *Bitte nicht! Bitte, bitte nicht!*

Leonie ballte die Hände zu Fäusten. Sie riss die Augen wieder auf und schnappte nach Luft. *Ich muss etwas unternehmen! Jetzt!*

Leonie wirbelte herum, eilte auf den Eingang des Hauses zu, hämmerte gegen das Türblatt und drückte gleichzeitig die Klingel.

»Hilfe!«, brüllte sie und spürte, wie Tränen ihre Wangen hinabperlten. »Ich brauche Hilfe!«

Die Tür flog auf und Magda, dicht gefolgt von ihrer Mutter, die Valerian im Arm trug, und auch Stefan drängten ins Freie.

Leonie deutete auf die reglose Gestalt neben dem Fahrzeug, den Blick von Tränen verschleiert. »Der Mann dort … wollte das Auto … Hab ihn angesprochen … Ist gestürzt … Er blutet, überall Blut …«

Magda hastete an Leonie vorbei und ging neben dem Unbekannten in die Hocke. Auf der Türschwelle erschien Johannes.

»Ach, verdammt«, murmelte dieser, blickte sich um, als erwarte er weitere ungebetene Gäste, und eilte dann nach drinnen, um mit einem kleinen Verbandskoffer wiederzukommen.

»Er lebt«, stellte Magda erleichtert fest, nachdem sie den Pulsschlag und die Atmung kontrolliert hatte. »Aber er hat eine Kopfverletzung und ist bewusstlos. Immerhin scheint die Wunde nicht tief zu sein. Trotzdem muss er so schnell als möglich ins Spital. Bei einem Schädel-Hirn-Trauma können gefährliche Blutungen oder Ödeme im Gehirn entstehen.«

Magda brachte den Bewusstlosen in eine stabile Seitenlage, nahm von Johannes Wattepads aus dem Verbandskasten entgegen und tupfte damit auf die Kopfwunde.

»Ich wollte nicht …«, stieß Leonie hervor. »Er hat gehustet, ist auf mich zu …« Sie verlor den Faden, als Valerian die

Arme ausstreckte, ein Wimmern ausstieß und sie ihn ganz automatisch von Karin entgegennahm.

»Ich rufe die Rettung«, stieß Karin hervor und wollte zurück ins Haus eilen.

»Warte.« Magda wandte sich ihrer Mutter zu. »Erinnert ihr euch, wie lange am Montag der Krankenwagen gebraucht hat? Ich warte hier sicher keine halbe Stunde mit einem bewusstlosen und vielleicht lebensgefährlich verletzten Mann.«

Jäh sprachen alle durcheinander.

»Aber wir müssen doch ...«

»Vielleicht ist es besser, wenn ...«

»Könnten wir ihn nicht einfach nach ...«

»Rufen wir Doktor Gamperer in Prutz an, der ...«

»Wir bringen ihn ins Spital«, entschied Magda. »Stefan, wir nehmen deinen Bus.«

»Aber ...«

»Kein Aber. Ich fahre mit. Leonie muss uns begleiten, da nur sie gesehen hat, was passiert ist. Wir wissen nicht, wie lang es dauert, also kommt auch Valerian mit – und sein Kindersitz braucht viel Platz. Alles Weitere klären wir unterwegs. Los jetzt!«

Stefan schien noch etwas einwenden zu wollen, doch dann schüttelte er kaum merklich den Kopf und hastete zu seinem Kleinbus, der auf der anderen Seite der Garagenausfahrt stand. Johannes half Stefan beim Umbau des Kindersitzes aus Magdas Wagen, dann verfrachteten sie den leblosen Körper des Mannes auf die zweite Rückbank des VW-Busses.

»Leonie?« Magdas Blick war ungewohnt hart und entschlossen. »Wir müssen los.«

Leonie unterdrückte ein Schluchzen, presste Valerian an ihre Brust und setzte sich hinter Stefan in die zweite Reihe, der am Fahrersitz Platz genommen hatte.

»Seid vorsichtig!«, rief Karin ihnen vom Hauseingang zu und drückte sich gegen Johannes, der dastand wie ein hoch aufgerichteter Zinnsoldat.

»Fahr los«, sagte Magda vom Beifahrersitz, noch bevor Leonie Valerian fertig angeschnallt hatte. Stefan trat das Gaspedal durch und der Kleinbus setzte sich mit quietschenden Reifen in Bewegung.

»Okay.« Magda holte tief Luft und wandte sich Leonie zu. »Jetzt erzähl noch einmal genau, was geschehen ist.«

Mit stockender Stimme berichtete Leonie, was vorgefallen war – oder zumindest, woran sie sich erinnern konnte.

»Seine Verlobte in Italien und er will mit geklauten Nummernschildern über die Grenze?« Magda verzog das Gesicht. »Klingt nach einer erfundenen Geschichte.«

»Ich weiß nicht.« Leonie blickte zu Valerian, der neben ihr im Kindersitz lag, mit großen Augen an die Decke des Fahrzeuges starrte und dabei leise vor sich hinbrabbelte. »Ich hatte nicht das Gefühl, als würde er lügen.«

»Na ja, befragen können wir ihn momentan mal nicht.« Magda richtete sich im Beifahrersitz auf und blickte nach hinten. »Ist weiterhin bewusstlos, der Kerl. Sollte er aufwachen, werden wir …«

Magda stockte und betrachtete die vorbeiziehenden, rasch weniger werdenden Häuserfronten. »Warum geht es denn bergauf? Ist das nicht … Falpaus. Das ist Falpaus. Du fährst die Landesstraße Richtung Pillerhöhe!«, fuhr sie Stefan an.

»Was? Aber ich dachte …«

»Der Weg ist länger, du Trottel! Wenn wir nach Prutz gefahren wären …«

»Soll ich umkehren?«

Magda schüttelte den Kopf. »Zu spät. Wir fahren über Fließ. Gib einfach ordentlich Gas, okay?«

Stefan presste die Lippen zusammen, schwieg und trat fester auf das Gaspedal, sodass der Motor des Wagens protestierend aufheulte.

Bitte, lass ihn nicht die Kontrolle über das Fahrzeug verlieren, schickte Leonie ein Stoßgebet in den Himmel, als sie den nahezu senkrechten Hang auf der linken Seite der Straße bemerkte. Zumindest Valerian machten die rasante Fahrt und die scharf genommen Kurven nichts aus. Er streckte beide Arme empor, jauchzte vergnügt und strahlte über das ganze Gesicht.

Hoffentlich wird er kein Rennfahrer, dachte Leonie beklommen.

Das Erste, das Paul wahrnahm, war ein Schlingern. Sein Körper wurde unsanft von links nach rechts geworfen und von zwei schmalen Bändern zurückgehalten. Er fühlte sich matt und ausgelaugt, seine Augenlider schienen Tonnen zu wiegen. Lichter blitzten auf, als er mühsam blinzelte. In seinem Hinterkopf manifestierte sich ein schmerzhaftes Pochen. Der Geschmack von Blut lag in seinem Mund.

Ein Fahrzeug, stellte Paul fest, als er den Kopf zur Seite drehte. *Ich liege auf einer Rückbank. Es riecht nach altem Männerschweiß. Sicherheitsgurte. Der Wagen fährt schnell. Hochtouriges Motorengeräusch. Kurviges Gelände.*

Seine Gedanken arbeiteten träge. Ihm wurde bewusst, dass er sich nicht dort befand, wo er sein sollte. Hatte er nicht gerade … Genau, das Auto mit den italienischen Kennzeichen! Da war eine Frau gewesen, die ihn angesprochen hatte. Er war auf sie zugetreten, hatte sich erklären wollen, doch dann …

Sie hat mich bewusstlos geschlagen, drang es in Pauls umnebelten Geist. *Ich bin entführt worden!*

Erschrecken und Angst schwappten in seinem Inneren empor, aber er kämpfte die Empfindungen zurück. *Ruhig Blut. Zuerst die Lage checken.* Er vernahm Stimmen und ein seltsames Quietschen. Eine Frau. Dann noch eine. Und ein Mann. Drei Entführer also?

Sie haben mich nicht gefesselt, dachte Paul. *Halten die mich für bewusstlos oder gar tot?* Das konnte er zu seinem Vorteil nutzen. Pauls Finger suchten den Verschluss des Sicherheitsgurtes, der vor seiner Brust gespannt war. Zuerst wollte er sich nicht öffnen lassen und in Paul drohte Panik hochzukochen, doch dann löste sich der Gurt mit einem leisen Schnappen. Pauls zittrige Hände tasteten nach dem zweiten Gurt, der sich im Bereich seiner Oberschenkel befand. Auch dieser ließ sich nach kurzem Widerstand öffnen.

Obwohl sich Paul kaum bewegt hatte, spürte er Schwindel und Übelkeit in sich aufsteigen. Hatten ihm die Entführer eine Droge verabreicht oder kam dieser Zustand von dem Schlag gegen seinen Kopf? Wie auch immer, er musste sich zusammenreißen, sonst hatte er keine Chance auf ein Entkommen.

Paul blieb nahezu reglos liegen, nur seine Hände tasteten umher. Was er brauchte, war eine Waffe, irgendetwas, mit dem er sich verteidigen konnte. Seine Finger langten in den Stauraum unterhalb des Seitenfensters – leer –, durchsuchten das Einschubfach an der Rückseite des Vordersitzes – ebenfalls leer – und fanden schließlich eine versteckte Schublade unterhalb der Rückbank, die sich problemlos aufziehen ließ. *Irgendetwas*, flehte Paul innerlich. *Und wenn es ein Eiskratzer ist.*

Seine Finger berührten eine weiche Kunststofffolie – offensichtlich eine Tüte, die um einen festen, stangenförmigen Gegenstand gewickelt war. Paul zögerte nicht, zog die Tüte hervor und wickelte das Objekt aus der Folie. Er hielt ein langes, geschwungenes Messer mit schwarzem Griff und silbrig glänzender Klinge in der Hand.

Okay, dachte Paul und glotzte auf die funkelnde Schneide. *Damit müsste es klappen.*

Leonie spielte mit ihren Locken, starrte auf die vor dem Seitenfenster vorbeihuschende Landschaft und bemitleidete sich selbst. Weshalb war sie schon wieder in Panik geraten, als der Fremde auf sie zugetreten war? Wie groß war schon die Wahrscheinlichkeit, dass der Mann an Covid-19 erkrankt war? Weshalb hatte sie nicht ein einziges Mal ruhig und gelassen bleiben können? Trug sie Schuld daran, dass der Mann ausgerutscht und gestürzt war? Was würde geschehen, falls sie im Spital eine ernsthafte Verletzung feststellten – oder der Mann gar starb?

Magda schien zu spüren, was in Leonie vorging, denn sie lächelte ihrer Freundin zu und deutete aus der Frontscheibe. »Gleich kommen wir zum Gacher Blick – das ist eine Aussichtsplattform. Rechter Hand befindet sich das Naturparkhaus Kaunergrat. Ich wollte dir schon vorschlagen, dass wir uns die dortige Ausstellung ansehen, aber … Na ja, vielleicht ein anderes Mal.«

Wenn es ein anderes Mal gibt, dachte Leonie beklommen.

Unvermittelt spürte Leonie einen harten Griff an ihrer Schulter und sah etwas aufblitzen, dicht neben ihrem Gesicht. Einen Herzschlag später erkannte sie, dass es sich um ein Messer handelte – und sämtliche Kraft wich aus ihrem Körper.

»Anhalten, sofort«, keuchte der Unbekannte, der sich auf der zweiten Rückbank aufgerichtet hatte. Das Messer in seiner Hand berührte beinahe ihre Kehle.

Leonie drehte den Kopf zur Seite, begegnete dem wirren Blick des Mannes hinter ihr. Dann sah sie zu Valerian – und bereute im gleichen Moment, dies getan zu haben, als auch der Blick des Angreifers auf ihren Sohn fiel. Valerian starrte den Fremden mit großen Augen an, gab aber keinen Mucks von sich. Leonie bemerkte, wie die Gesichtszüge des Unbekannten zur Grimasse gerieten und sich Verwirrung und Betroffenheit auf seinen Zügen ausbreiteten.

»Scheiße«, entfuhr es Magda, die sich halb herumgedreht hatte und mitten in der Bewegung erstarrt war. Sie wollte noch etwas hinzufügen, als Stefan in den Rückspiegel blickte, die Augen aufriss und …

»Achtung!«, brüllte Magda. Die Felsen auf der rechten Seite der Straße rasten auf sie zu. Ein hässliches Schaben und Reißen erklang, als die Karosserie des Fahrzeugs über das Gestein schrammte. Stefan fluchte, kurbelte am Lenkrad. Der Wagen scherte nach links aus, geriet gefährlich in Schieflage – und prallte so heftig gegen die Leitplanke, dass die Insassen in ihre Sicherheitsgurte geschleudert wurden; bis auf den Mann mit dem Messer in der Hand, der zunächst mit dem Gesicht gegen die Kopfstütze des Fahrersitzes prallte, einen grunzenden Laut ausstieß und anschließend auf der Rückbank zusammensackte.

»Oh, Shit«, murmelte Magda.

Paul brummte der Schädel. Der abrupte Halt des Wagens hatte ihn zunächst nach vorn und dann zurück auf die Rückbank geschleudert. Aber er durfte jetzt nicht schlappmachen. Wenn er Zeichen von Schwäche erkennen ließ, würden ihn seine Entführer zweifellos überwältigen und diesmal ganz bestimmt fesseln.

Da ist ein kleines Kind im Wagen, drang es in seine Gedanken, aber Paul ignorierte die Eingebung, die sich irgendwie *falsch* anfühlte. Er rappelte sich hoch, ergriff das Messer, das glücklicherweise noch neben ihm lag, und brüllte: »Aussteigen!«

Die junge Frau vor ihm, die ihn am Parkplatz des Hauses bewusstlos geschlagen hatte, wirkte nicht gerade so, wie er sich eine eiskalte Entführerin vorstellte. Ihr Antlitz war fahl, die Augen geweitet und auf ihren Zügen stand eine Mischung aus Furcht und Verzweiflung. Sie musste eine gute Schauspielerin sein, aber davon ließ er sich nicht täuschen.

»Wird's bald!«, donnerte er und fuchtelte mit dem Messer herum.

Die Frau stieß ein unterdrücktes Schluchzen aus, nestelte an der Schiebetür des Kleinbusses herum, bis diese aufsprang – doch anstatt nach draußen zu springen, warf sie sich nach rechts und breitete in einer abwehrenden Bewegung die Arme aus.

Sie will ihr Kind beschützen. Paul schüttelte den Kopf. Blödsinn. Da konnte kein Kind sein. Er hatte es mit Kidnappern zu tun. Niemand war so kaltherzig, dass er …

Pauls Schädel dröhnte. Er unterbrach den Gedanken, wälzte sich ächzend über die Rückenlehne vor ihm, schob die Tür des Wagens weiter auf und stolperte ins Freie; wobei er das Messer nicht aus der Hand gab. Mit einem wirren Blick sah er sich um. *Leitplanke mit Wald und Abgrund. Steine und noch mehr Wald auf der anderen Seite. Eine Bergstraße.*

»Legen Sie das Messer weg«, erklang eine Stimme und Paul sah, dass die Frau vom Beifahrersitz ebenfalls ausgestiegen war. »Wir wollen Ihnen nur helfen.«

»Helfen?« Paul spürte eine erneute Welle an Schwindel aufsteigen und stützte sich an der Karosserie des Wagens ab. »Mit einem Messer?«

»Messer?« Die Frau blinzelte. »Aber das halten doch Sie in der …«

Mit einem Mal stand neben Paul ein Mann mit roter Brille und einem wilden Ausdruck in den Augen. Er schlug gegen seinen Unterarm. Paul spürte einen brennenden Schmerz, ließ mit einem Aufschrei das Messer fallen, taumelte einen Schritt zurück.

Gib nicht auf. Denk an Patricia. Paul erinnerte sich an die fünf Jahre, in denen er Kickboxen praktiziert hatte. Ducken. Blocken. Zuschlagen. Er landete einen Treffer an der rechten Schläfe des Mannes, der aufbrüllte und nun seinerseits zurückwich.

»Aufhören!«, schrie die Frau mit dem Pferdeschwanz und fuchtelte mit den Armen. »Das ist Irrsinn, wir …«

Der Brillenmann griff erneut an. Er drängte sein Gegenüber auf die Leitplanke zu. Pauls Gesichtsfeld schwankte.

Übelkeit und Schwindel drohten übermächtig zu werden. Paul wurde bewusst, dass ihm sein Gegner in Kraft und Schnelligkeit überlegen war, erst recht durch seinen eigenen, angeschlagenen Zustand. Paul versuchte, den Angreifer abzuwehren, wollte nach seinem Gesicht schlagen …

Der Fremde gab ihm einen Stoß. Paul taumelte erneut, spürte die Leitplanke in seinen Kniekehlen, geriet aus dem Gleichgewicht – in seiner Panik warf er die Arme nach vorn, aber es war zu spät: Paul verlor den Boden unter den Füßen, kippte nach hinten, stürzte in die Tiefe.

Bäume, schoss es durch seine Gedanken, als sich die Welt einmal um sich selbst drehte. Der Flugwind rauschte in seinen Ohren. Pauls Augenlider flatterten, seine Füße prallten gegen einen massiven Widerstand …

Ein harter Ruck, und Pauls Sturz kam zum Stillstand. Erleichtert wollte er aufatmen; dummerweise klappte das mit dem Atmen nicht so gut. Es klappte überhaupt nicht.

Paul öffnete die Augen. Über ihm ein paar Zweige und jede Menge dunstiges Blau. Er befand sich in einer annähernd horizontalen Position, das Gesicht dem Himmel zugewandt. Sein Blick glitt tiefer. Aus seiner Brust ragte ein gesplitterter Ast.

Mit fliegenden Fingern löste Leonie den Sicherheitsgurt des Kindersitzes. Aus den Augenwinkeln registrierte sie, dass Stefan den Fremden anging und sich eine Rauferei entwickelte. Magda fuchtelte mit den Armen, schrie irgendetwas, das Leonie nicht verstand, dann endlich bekam sie Valerian frei. Sie zog ihn an ihre Brust und schob sich ins Freie. Leonie bekam gerade noch mit, wie Stefan dem Unbekannten einen Stoß verpasste und dieser über die Leitplanke kippte.

Oh nein, dachte Leonie und richtete sich auf. Stefan stand da wie versteinert, blickte in die Tiefe, in die der Angreifer verschwunden war. Seine Gesichtsmuskeln zuckten.

Magda trat näher, sah ebenfalls nach unten, schlug ihre Hände vor das Gesicht. »Oh mein Gott.«

Leonie wollte nicht sehen, was geschehen war. Sie wollte die wenigen Schritte nicht zurücklegen, nicht über die Böschungskante blicken. Dennoch musste sie es tun. Ihre Beine bewegten sich wie von selbst. Sie erreichte die durch den Unfall verbogene Leitschiene, äugte in die Tiefe.

Der Fremde blickte zu ihr auf. Seine Augen waren weit aufgerissen. Aus seinen Mundwinkeln quollen blutige Schaumbläschen. Ein gesplitterter, spitz zulaufender Ast hatte seinen Sturz nach wenigen Metern gebremst. Wobei, das stimmte nicht ganz: Der Ast hatte ihn aufgespießt.

Pauls Bewusstsein zerfiel wie ein Puzzle. Auf der rationalen Ebene seines Verstandes begriff er, dass er starb, aber dieses Wissen blieb irgendwo in seinen verworrenen Gedanken hängen und erreichte nicht die letzte Bastion seines Ichs, die mehr und mehr zusammenschrumpfte wie ein Eisberg in hitzeflirrender Wüstenluft.

Pauls Augen wanderten von seiner verheerten Brust in den graublauen Himmel empor. Davor erschien das Antlitz eines Engels, berauschend in Schönheit und Perfektion. Das himmlische Wesen blickte zu ihm herab. Es trug Patricias Gesicht.

Ich weiß, du liebst den Himmel und den Sonnenschein, dachte Paul. Seine Lider wurden schwer, das Gesichtsfeld verengte sich. Seltsamerweise verspürte er keine Schmerzen. Eigentlich spürte er überhaupt nichts mehr. Auch seine restliche Wahrnehmung verblasste.

Meine Prinzessin. Pauls Lippen verzogen sich zu einem Lächeln. *Ich liebe dich.*

Pauls Kopf sank nach hinten, seine Glieder erschlafften. Zwei Sekunden später schlug sein Herz ein allerletztes Mal.

Sie standen da wie betäubt, starrten nach unten, auf den Mann in der Tiefe, der dort hing wie ein aufgespießter Schmetterling. Niemand von ihnen sprach ein Wort. Nach einigen Sekunden wurde Valerian unruhig, wetzte in Leonies Armen und stieß Laute des Unmuts aus.

»Wir müssen etwas tun«, flüsterte Magda. »Wir …«

»Er ist tot.« Stefans Stimme klang so hart und grimmig, dass Leonie unwillkürlich ein Schauer den Nacken hinabfloss.

»Polizei«, entfuhr es Magda. »Wir rufen die Polizei. Wenn wir abwarten …«

»… werden wir verhaftet.« Stefans Blick flackerte. »Wir müssen verschwinden. Sofort.«

Magda trat einen Schritt zurück und warf ihrem Jugendfreund einen ungläubigen Blick zu. »Bist du wahnsinnig? Da unten liegt ein Toter!«

»Genau deshalb müssen wir weg. Ich bin schuld, dass er gefallen ist.«

Leonie wurde die Tragweite der Ereignisse bewusst. Auch wenn der Verunfallte ein Verbrecher gewesen sein mochte und sie mit dem Messer bedroht hatte, so war es doch Stefan gewesen, der den Fremden angegriffen und in die Tiefe gestoßen hatte. Zweifellos fanden sich im VW-Bus Blutspuren des Verunfallten. Das sah nicht gut aus für Stefan, aber eigentlich für sie alle nicht.

Mit einem Mal fühlte Leonie das nur allzu bekannte Gefühl von Panik in sich aufsteigen. *Du wirst Valerian verlieren. Du hast Scheiße gebaut, verdammt große Scheiße, und jetzt werden sie ihn dir wegnehmen. Für immer.*

Als könnte Valerian ihre Empfindungen wahrnehmen, wand er sich noch mehr in ihren Armen und stieß ein »Mama, los!« aus.

»Er hatte ein Messer«, betonte Magda und deutete auf die geschwungene Klinge, die vor ihr am Boden lag. »Wir können das erklären und dich entlasten. Wenn wir …«

Magda zwinkerte, ging in die Hocke und betrachtete die am Asphalt liegende Stichwaffe. »Moment. Woher hat er das Messer?«

»Er muss es bei sich getragen haben.« Stefan trat näher. »Vielleicht in einem versteckten Beinholster.«

»Ich habe kein Messer gesehen, als ich Erste Hilfe geleistet habe«, entgegnete Magda, hob die Klinge mit spitzen Fingern vom Boden auf und betrachtete die funkelnde Schneide. »Die Waffe ist zu groß, um sie unter der Hose zu tragen. Vielleicht hat er sie in … Oh mein Gott, da klebt Blut!«

»Was?« Stefan zog die Augenbrauen zusammen. »Zeig her.«

Magda deutete auf einige dunkelrote Verfärbungen an der Klinge und reichte das Messer Stefan, der es am schwarz gummierten Griff entgegennahm.

»Es sieht aber wie altes Blut aus«, ergänzte Magda. »Vielleicht bedeutet das …«

»Tut mir leid«, unterbrach sie Stefan und auf seinen Zügen stand eine Mischung aus Entschlossenheit und Bedauern. Mit einer blitzschnellen Bewegung rammte er das Messer in Magdas Seite.

Im Nachhinein konnte Leonie nicht sagen, wie sie so rasch hatte reagieren können. Vielleicht war es ihr angeborener Überlebenstrieb in Kombination mit ihren Mutterinstinkten oder ihre latente Panik, die unmittelbar das Wort *Flucht!* in ihr Bewusstsein hämmerte. Jedenfalls wartete sie nicht ab, was weiter geschah, verdrängte alle Gedanken an Magdas Schicksal, packte Valerian fester und wirbelte herum.

Stefan wird mich töten, begriff sie. *Mich und Valerian. Ich muss weg; weit weg.*

Leonie stürmte los. Hatte Magda nicht gesagt, dass vor ihnen ein Aussichtspunkt und ein Naturparkhaus lagen? Doch sie wusste nicht, wie weit es bis dorthin war, es mochten zweihundert Meter oder zwei Kilometer sein. Sie konnte auch nicht darauf vertrauen, dass ein anderes Fahrzeug auftauchte – im Moment war weit und breit keines zu sehen.

Vermutlich wäre es dennoch am klügsten gewesen, die Straße entlangzulaufen. Aber daran dachte Leonie in diesem Augenblick nicht. Sie sah bloß die hohen Tannen und Fichten vor sich, ein Dickicht, das Schutz und Sicherheit versprach, wie es Tausende von Jahren der Fall gewesen war.

Leonie presste den protestierenden Valerian an ihre Brust und brach durch den Jungwuchs am Straßenrand – hinein in das tiefe Grün des Pillerwaldes.

Reinhard sah durch den Feldstecher und ließ seinen Blick über den fernen Waldrand schweifen. Nichts regte sich. Freilich war er für das meiste jagdbare Wild spät dran – oder zu früh, wenn man bedachte, dass die Dämmerung die beste Zeit für einen Ansitz war. Aber Zeit hatte er ja, gerade heute, und deshalb wollte er umherstreifen und sich umsehen, bis sich eine Gelegenheit ergab – und die würde es geben, davon war er überzeugt.

Reinhard wollte den Feldstecher soeben sinken lassen, als er doch noch eine Bewegung registrierte. Weiter hinten, vielleicht einen Kilometer entfernt, auf einer Lichtung unterhalb des Hahneneggers, lief eine Frau.

Reinhard presste den Feldstecher fester gegen sein Gesicht, aber es blieb dabei: Es war eine Frau; jung, wie es schien, und sie trug etwas in den Armen, drückte es an ihre Brust, als handle es sich um ihren größten Schatz.

Ein Kind, begriff Reinhard. *Sie trägt ein Kind.*

Schlagartig verstand er, dass sich die Frau auf der Flucht befand. Und ebenso schlagartig erfasste ihn höchste Erregung, schickte ein wohliges Kribbeln durch seinen gesamten Körper.

Endlich, dachte Reinhard. *Endlich kann ich meine Bestimmung erfüllen.*

Leonie lief und lief. Sie hielt nicht inne, blickte nicht zurück. Ihr Denken und ihre Sinne waren bloß auf die nächsten Meter gerichtet, die nachfolgenden Schritte, die sie weiter von dem Ort der Katastrophe und dem Angreifer entfernten. Fortwährend drängten panische Gedanken an die Oberfläche ihres Bewusstseins, doch Leonie fegte alles beiseite, konzentrierte sich auf das Hier und Jetzt.

Weiter. Immer weiter.

Leonie stolperte über eine Baumwurzel, fing sich wieder, taumelte vorwärts. Erst jetzt fiel ihr auf, dass Valerian leise wimmerte. Er hatte aufgehört, sich gegen den Druck und das Pressen gegen ihre Brust zu wehren. Sein Kopf ruhte an ihrem Nacken, sie spürte den weichen Flaum seiner Haare an ihrem Kinn.

Ich lasse nicht zu, dass er dir etwas antut.

Die Eingebung blitzte auf und verging wieder in dem tobenden Strudel zurückgedrängter Gedanken. Leonie erreichte eine Mulde, in der etwas Schnee lag. Sie hielt nicht inne, lief darüber hinweg. Der matschige Firn war klebrig, vermischte sich mit der feuchten Erde des Waldbodens und blieb an den Sohlen ihrer Halbschuhe hängen. Leonie erreichte die andere Seite des Grabens, spürte, wie ihr Atem knapp wurde, als sie sich die Böschung emporkämpfte. Aus einem Impuls heraus wandte sie den Kopf.

Nichts. Hinter ihr war niemand. Leonie wurde langsamer, verharrte vor dem riesigen Wurzelteller einer sturmgefällten Fichte. Hatte sie sich geirrt? Wurde sie gar nicht verfolgt?

Ein geduckter Schatten, kaum fünfzig Meter entfernt. Leonie wirbelte herum und rannte los.

Reinhard hielt inne. Er konnte nicht näher heran, ohne die Fliehende, die immer wieder zwischen den Baumkronen und Stämmen der Fichten verschwand, gänzlich aus dem

Blickfeld zu verlieren. Sie war noch immer fast fünfhundert Meter entfernt. Definitiv eine Herausforderung, selbst für die weitreichenden und flugstabilen .300 Winchester Magnum Patronen.

Habe ich Herausforderungen jemals gescheut? Reinhard lächelte und blickte sich um. Eine große Tanne mit tief ansetzenden Querästen weckte seine Aufmerksamkeit. Er trat hinzu und fand eine passende Mulde zwischen Stamm und Astansatz.

Reinhard nahm sein Jagdgewehr mit dem aufgeschraubten Schalldämpfer von der Schulter, überprüfte in aller Ruhe das Magazin und den Lauf. Er brauchte sich nicht zu stressen. Er hatte alle Zeit der Welt.

Leonie spürte, wie sich ihre Kräfte dem Ende zuneigten. Ihr Herz pochte wie verrückt und sie atmete so rasch, dass sie demnächst Gefahr laufen musste, zu hyperventilieren. Darüber hinaus fühlte sie ein aufkommendes Schwindelgefühl, das sie ermahnte, ihren Körper nicht zu überlasten. So konnte es nicht weitergehen. Es war ein Fehler gewesen, in den Wald zu flüchten. Stefan musste sie früher oder später einholen.

Eine Waffe, dachte sie. *Ein Knüppel oder irgendwas.*

Leonie blickte sich um, reduzierte dabei aber nicht ihre Geschwindigkeit. Sie stürmte durch einen lockeren Bestand aus jungen Rotbuchen. Mit den Händen schützte sie Valerians Kopf, doch ihr selbst klatschten die kahlen Zweige der Bäume schmerzvoll ins Gesicht. Mit einem unterdrückten Aufschrei brach sie durch das Dickicht – und stolperte auf eine Lichtung hinaus.

Schneereste glitzerten im Morgenlicht. Ein feiner Dunstschleier lag auf dem platt gedrückten, braunen Grasteppich des Vorjahres. Es roch nach Moos und feuchtem Waldboden. Ein paar Äste am Boden, aber nichts, das sich zur Verteidigung eignete. Sie konnte nicht hierbleiben. Sie musste weiter. Leonie beschleunigte ihre Schritte, strebte der anderen Seite der Lichtung zu.

»Bleib stehen, Leonie.«

Die Stimme war dicht hinter ihr. Zu dicht. Leonie erzitterte, wurde langsamer, verharrte, wandte sich um.

Stefan stand am Waldrand, blickte sie an. Die Haare standen ihm wirr ins Gesicht, seine Wangen waren gerötet und er atmete schwer, aber wirkte nicht so erschöpft, wie Leonie gehofft hatte. In der rechten Hand hielt Stefan das Messer. Blut klebte an der Schneide; und diesmal war es eindeutig frisch.

Magda, drang es in Leonies Gedanken und ein Schluchzen drängte ihre Kehle empor.

»Du kannst mir nicht entkommen.« Stefans Augen glänzten. War es ein grausamer Zufall, dass die Farbe seiner Brillenfassung die gleiche war, wie das Blut auf der Klinge? »Lass Valerian los. Und zieh dich aus.«

Leonie presste ihren Sohn nur noch fester an die Brust, wich einen Schritt zurück. Valerian gefiel dies überhaupt nicht. Er quietschte und verstärkte seine Anstrengungen, sich aus ihrem eisernen Griff zu lösen.

»Ich kann dich auch gleich abstechen, wenn du nicht tust, was ich will.« Das Flackern in Stefans Blick brannte sich in Leonies Seele, schien ihren Körper zu lähmen wie die Bewegungen einer Schlange. »Oder ich schlitze den Kleinen auf.«

»Tu ihm nichts«, stieß Leonie hervor, den Blick von Tränen verschleiert. Sie vernahm ein Rauschen in den Ohren, das auf- und abschwoll, spürte, wie sich ihre Muskeln verkrampften. Es gab keinen Ausweg. Wenn sie die Flucht ergriff, musste sie Stefan umgehend einholen. Sie ahnte – nein, sie wusste –, dass er in diesem Fall von seinem Messer Gebrauch machen würde; und sie ebenso brutal und mitleidslos niederstechen mochte, wie zuvor Magda.

Leonies Körper erzitterte. Hastig stellte sie Valerian auf seine Füße, ging vor ihm in die Hocke, strich über sein weiches, warmes Gesicht. »Lauf weg, Valerian. Bitte, lauf weg und sieh dich nicht um!« Ihre Stimme brach, ihr Herz brannte wie Feuer.

Valerian rührte sich nicht vom Fleck. Er starrte sie aus seinen großen, runden Augen an, auf den Zügen eine Mischung aus kindlichem Unverständnis und Überraschung.

»Komm her«, sagte Stefan. »Los jetzt, meine Geduld ist am Ende. Ich habe nichts mehr zu verlieren. Wenn du artig bist, lass ich euch am Leben. Wenn nicht, töte ich zuerst Valerian, dann dich.«

Die Frau war auf einer offenen Schlagfläche angekommen und stehen geblieben. Sie hatte ihr Kind zu Boden gelassen und sich umgewandt. Am Waldrand war ihr Verfolger erschienen. Wie nicht anders zu erwarten, handelte es sich um einen Mann.

Reinhard sah dies alles durch sein Zielfernrohr und auch, dass die Frau auf den Unbekannten zutrat und sich die Hose herunterzog. Was der Mann vorhatte, war klar. Doch Reinhard erregte die angehende Vergewaltigung nicht. Ebenso wenig erfüllte sie ihn mit Entsetzen. Es gab etwas bedeutend Größeres, das gleich geschehen würde.

Reinhard richtete das Gewehr neu aus, nahm den Rücken der Frau ins Visier. Er wusste, dass der Tod sein ständiger Begleiter war, der Gefährte eines jeden Menschen, nur die meisten nahmen ihn nicht wahr. Er schon. Reinhard wusste um die Macht des Todes, der jeden Augenblick für sich entscheiden konnte. In Wahrheit war das unvermeidliche Sterben die einzige Kraft und Triebfeder allen Lebens; musste es auch sein, um der Existenz einen Sinn zu geben. Der Tod schwebte über allem Sein wie ein Damoklesschwert – und er, Reinhard, war es, der seine Urgewalt entfesseln durfte.

Ich bin die Sense, die der Tod schwingt, dachte Reinhard und seine Mundwinkel verzogen sich zu einem Schmunzeln.

Leonie spürte, wie sie aller Mut verließ und sich dumpfe Hoffnungslosigkeit auf ihren Verstand legte. Sie erhob sich, wurde von einem Weinkrampf geschüttelt, taumelte auf Stefan zu. Einen Schritt. Noch einen.

»Mama?«

Leonie wandte sich nicht um. Sie durfte es nicht tun. Wenn sie sich dazu hinreißen ließ, war alles verloren.

Ein dritter Schritt. Ein vierter.

»Zieh deine Hose runter.« Stefans Blick war kalt und starr wie Eis. »Hättest du mich früher rangelassen, wäre es vielleicht nicht so weit gekommen, aber nun … Muss ich dich ficken.«

Tu, was er verlangt, schoss es durch Leonies Geist. *Es ist der einzige Weg, die einzige Chance.*

Mit zittrigen Fingern öffnete sie die Knöpfe ihrer Jeans, zog die Hose herunter. Stefan packte Leonies Gesäß, riss an seinem Reißverschluss, griff zwischen seine Beine und entblößte ein hässlich erigiertes Glied.

Leonie konnte das nicht mitansehen. Sie schloss die Augen. *Entspann dich. Dann tut es nicht so weh.*

Reinhard atmete tief und ausgeglichen, leckte sich über die Lippen. Der Mann hatte die Frau erreicht, gepackt und an sich gezogen. Er hielt einen blitzenden Gegenstand in der Hand; was, war nicht zu erkennen. Aber es spielte keine Rolle mehr.

Die Beute gehört dir nicht, dachte Reinhard. *Sie ist mein.* Tiefe Ruhe überkam ihn; die Ruhe des Todes, die ihm während der Jagd stets mit Kraft und Energie erfüllte. Die Entfernung zu seinem Ziel war groß, doch Reinhard fühlte den Wald um sich herum, spürte die Rinde des Baumes, den Gewehrgriff und das im Magazin ruhende Projektil. Er wurde eins mit seiner Umgebung.

Jetzt oder nie.

Reinhard betätigte den Abzug.

Ein Schwarm Vögel erhob sich von den Tannenwipfeln, als der gedämpfte Laut eines Gewehrschusses durch den Pillerwald hallte – und von den umstehenden Bäumen aufgesaugt wurde, wie der erste Regenguss nach einer Dürre.

Leonie hielt die Augen fest geschlossen. Sie erwartete etwas grausam Hartes zwischen ihren Schenkeln, als Stefan die

Hand von ihrem Hintern losriss. Ein scharfer Luftzug umwehte Leonies Gesicht, ein dumpfer Laut, gefolgt von dem Aufprall eines großen, schweren Körpers.

Leonie wartete eine Sekunde, dann zwei. Zaghaft öffnete sie die Augen.

Stefan lag drei Schritte von ihr entfernt. Er war rücklings in einem Schneehaufen zu Boden gegangen, zuckte ein paar Mal und lag dann still. Leonie starrte bestimmt zehn Atemzüge lang auf den Gefallenen und erwartete jeden Moment, dass Stefan aufspringen und sich mit einem hämischen Grinsen im Gesicht auf sie stürzen würde.

»Mama?«

Die zaghafte Stimme ihres Sohnes löste den Bann. Leonie warf Valerian einen raschen Blick zu. Seine Augen waren groß, die Züge fahl, doch er wirkte unverletzt. Eilig zog sich Leonie die Hose hoch und wandte sich erneut Stefan zu. Sie tat einen vorsichtigen Schritt in Richtung der reglosen Gestalt, dann noch einen. Schließlich konnte sie Stefans Oberkörper erkennen. Die Kleidung im Bereich seines Herzens war blutgetränkt.

Mit steifen Schritten umrundete Leonie den leblos daliegenden Körper. Stefan war tot, daran gab es keinen Zweifel. Jemand musste ihn erschossen haben.

Leonie fuhr zusammen und blickte sich fieberhaft nach allen Seiten um. Sie hatte keinen Knall vernommen. Doch es gab keine andere Erklärung. Was, wenn der Todesschütze noch in der Nähe war und es jetzt auf sie oder Valerian abgesehen hatte? Leonie lief zu ihrem Sohn, duckte sich und drückte ihn an ihre Brust.

»Mama«, sagte Valerian mit piepsiger Stimme und barg sein Gesicht an ihrem Hals. »Angst.«

Der Unbekannte wurde zurückgeschleudert, ging zu Boden und blieb liegen. Reinhard betrachtete den Körper durch das Zielfernrohr, registrierte letzte Zuckungen, die sich rasch verflüchtigten. Einmal mehr hatte er, mit seinen eigenen Händen, dem Tod zu seiner Manifestation verholfen.

Reinhard lächelte ein Götterlächeln. *Blattschuss*, dachte er und senkte das Gewehr.

Er wusste, dass manche dachten, er sei ein Psychopath. Viele meinten auch, er wäre nicht fähig, mit Frauen umzugehen. Einige glaubten gar, er sei ein Frauenhasser. Doch das stimmte nicht. Zugegeben, es gab manche weiblichen Wesen – wie Frau Baumgartner, die ehemalige Sekretärin seines Chefs – die ihn auf die Palme bringen konnten. Doch dies galt nicht für die meisten anderen Frauen und schon gar nicht für Frauen mit Kindern. Er verehrte sie auf eine Weise, die kaum jemand verstehen konnte, spürte eine Erregung und Lust in ihrer Gegenwart, die nichts mit Sex zu tun hatte, aber einen urtümlichen Beschützerinstinkt wachrief. Reinhard verachtete alle, die diesen Geschöpfen ein Leid zufügen wollten. Deshalb war es seine Aufgabe, sie vor unnötigen Qualen zu bewahren. Er hatte es letzten Herbst bei der Jagd auf den Vierzehnender getan und jetzt ebenso. Den Quell des Lebens durch den Tod geschützt – es gab keine höhere Kunst, keinen bedeutsameren Sinn im Leben.

In aller Ruhe sicherte Reinhard das Jagdgewehr und warf es sich über die Schulter. Sein Werk war vollbracht. Mit dieser heutigen Symphonie des Todes konnte er den kommenden Tagen – und nächsten Wochen – in tiefster Gelassenheit entgegenblicken.

Vollbringe eine gute Tat und dein Herz wird strahlen.
Reinhard grinste der Sonne entgegen und machte sich auf
den Heimweg.

»Alles wird gut«, murmelte Leonie und schaukelte Valerian
im Arm. »Ich bin bei dir. Niemand wird dir etwas tun.«

Leonie vernahm eine leise Stimme hinter sich. Augenblicklich spürte sie eine neue Welle aus Panik heranrasen –
als sie begriff, dass die Stimme überaus vertraut klang; oder
nein, mehr als das. Sie bedeutete Schutz, Freude, Geborgen-
heit – und Liebe.

Leonie wandte den Kopf. Am Waldrand stand eine ge-
beugte Gestalt, die Hand auf ihre Taille gepresst. Ihr
schwarzes, langes Haar war zu einem Pferdeschwanz gebun-
den.

Leonie stieß einen Freudenschrei aus und eilte auf Magda
zu. Das Antlitz ihrer Freundin war aschfahl, stiller Schmerz
spiegelte sich in ihren Augen. Dennoch erblühte ein Lächeln
auf ihrem Gesicht. Als Leonie näherkam, sah sie das Blut an
Magdas Händen – und sie erinnerte sich an den Moment,
als ihr Stefan das Messer in die Seite gerammt hatte. Leonie
zögerte, war unsicher, was sie tun sollte, doch Magda nickte
besänftigend und Leonie warf sich an ihre Brust. Es bekümmerte sie nicht, dass ihr abermals die Tränen kamen.

»Du lebst«, flüsterte Leonie. »Ich dachte schon …«

Magda strich ihrer Freundin eine Locke aus dem Gesicht.
In ihrem Blick stand etwas, das Leonie zunächst nicht verstand, nicht einordnen konnte. Dann begriff sie, dass es sich
um Zuneigung handelte – offen, intim und so unverhüllt,
wie es nur tiefste Hingabe zustande brachte.

»Das dachte ich auch.« Magda grinste gequält. »Der Scheißkerl hat mich erwischt, zweimal sogar, aber die Jacke hat einiges abgefangen. Ich glaube nicht, dass die Stiche allzu tief sind. Was ist mit Stefan?«

Leonie wandte sich um, lugte zu der Stelle im Schnee, an der sich ein menschlicher Körper abzeichnete. »Jemand hat ihn erschossen – gerade, als er mich mit Gewalt nehmen wollte.«

Magda betrachtete die reglose Gestalt und ihre Züge verhärmten. Sie löste ihre Augen von Stefans Leichnam und ließ ihren Blick über den umliegenden Wald schweifen. Nirgends zeigte sich menschliches Leben.

»Ich habe keinen Schuss gehört«, sagte sie.

»Ich auch nicht.« Ein kühler Schauer wanderte über Leonies Nacken. »Keine Ahnung, was da passiert ist.«

Magda holte tief Luft und verzog dabei das Gesicht. »Hauptsache, es ist vorbei. Jetzt wird alles gut.«

Leonie drückte sich enger an ihre Freundin, so fest, dass Valerian mit einem empörten Jammern protestierte.

»Bitte«, murmelte sie. »Bitte, lass alles gut werden.«

67. Österreich, Tirol, Polizeiinspektion Landeck
Donnerstag, 02. April 2020, 09:00 Uhr

»Ich benötige noch eine Unterschrift von Ihnen, hier und hier. Damit bestätigen Sie die Letztfassung Ihrer Zeugenaussagen.« Der blonde Polizeibeamte deutete auf die Unterlagen, die vor ihm am Tisch lagen.

Leonie nickte, setzte ihr Zeichen und auch Magda tat es ihr gleich.

»Das heißt, wir sind fertig?«, erkundigte sich Leonie.

»Ja. Wie Sie bereits wissen, wird es zu keinem Strafverfahren gegen Sie kommen, da die Staatsanwaltschaft keinen Strafbestand festgestellt hat. Die weiteren Ermittlungen in Sachen Stefan Weinberger werden durch unsere Kriminalabteilung geführt. Wir ersuchen Sie, unter den von Ihnen angegebenen Kontaktdaten erreichbar zu sein, sollte es Unklarheiten geben.«

»In Ordnung.« Leonie rutschte auf ihrem Stuhl hin und her. »Darf ich noch etwas fragen?«

»Bitte.«

»Wie kommen die Untersuchungen voran?«

Der Polizeibeamte warf Leonie einen wachsamen Blick zu. »Eigentlich dürfen wir zu laufenden Ermittlungen keine Auskünfte geben, aber ganz unter uns: Stefan Weinberger ist kein unbeschriebenes Blatt.«

»Wie meinen Sie das?«, entfuhr es Magda.

»Seine DNA konnte mehreren Vergewaltigungsopfern in Tirol und Bayern zugeordnet werden.«

Magda richtete sich kerzengerade auf. »Sie scherzen.«

»Sehe ich so aus?« Der blonde Polizeibeamte zog einen Flunsch. »Die Betroffenen wurden von ihm mit Gewalt gefügig gemacht und manche mit Messern verletzt, eine von ihnen so schwer, dass sie operiert werden musste. Diese Informationen kommen von den Kollegen aus der Kriminalabteilung. Das haben Sie also nicht von mir.«

Magda schüttelte stumm den Kopf und mahlte mit den Zähnen. Leonie ahnte, was in ihrer Freundin vorging. Stefan war jahrelang Magdas bester Freund gewesen, sie hatten alles miteinander geteilt. Jetzt zu erfahren, welche Person sich tatsächlich hinter seiner freundlichen, charmanten Visage verborgen hatte, musste ein Schock sein.

»Ich dachte, ich kenne ihn«, murmelte Magda.

»Du hast ihn schon lange nicht mehr gekannt«, entgegnete Leonie mit leiser Stimme. »Ihr habt euch aus den Augen verloren, als du nach München gegangen bist. Er war niemals der, für den du ihn gehalten hast.«

»Ich weiß.« Magdas Stimme klang hart. »Ich dachte nur immer, meine Menschenkenntnis ist besser als ein Haufen Pferdemist.«

Leonie spürte Magdas Schmerz wie ihren eigenen. Um sich davon abzulenken, wandte sie sich dem Beamten zu. »Was ist mit dem Unbekannten, der Stefan erschossen hat?«

»Keine neuen Hinweise. Offenbar tappen die Kollegen hier völlig im Dunkeln. Wir wissen nur, dass es sich bei dem tödlichen Geschoss um gängige Gewehrmunition gehandelt hat. Und es scheint klar, dass der Schütze einen Schalldämpfer benutzt hat. In der Nähe waren zwei Wanderer unterwegs, die sich nicht erinnern konnten, einen Knall vernommen zu haben. Da im Moment Schonzeit ist, wäre ein Gewehrschuss aufgefallen.«

»Ich hoffe, ihr findet ihn nicht«, sagte Leonie wahrheitsgemäß.

Der Polizeibeamte lachte, aber es war ein freudloses Lachen. »Ehrlich gesagt, seitdem ich erfahren habe, was dieser Stefan Weinberger seinen Opfern angetan hat, hoffe ich das auch.«

68. Österreich, Wien, Donaustadt
Freitag, 03. April 2020, 12:00 Uhr

Patricia hockte auf dem Sofa im Wohnzimmer und blickte ins Leere. Sie zwinkerte, rieb sich die geröteten Augen, aber das half wenig. Patricia saß hier seit Stunden, konnte sich nicht erinnern, in der Nacht geschlafen oder heute schon etwas gegessen zu haben. Sie hätte auch keinen Bissen heruntergebracht. Ihr Magen rumorte, ihr ganzer Körper schien sich nach außen stülpen zu wollen. Dazu brannte ihre Brust bei jedem Atemzug, als würde sie flüssiges Feuer atmen.

Paul Dietmar Rönfeld ist tot. Patricia erinnerte sich an sämtliche Einzelheiten im flackernden Blick der jungen Polizeibeamtin, die ihr vor einigen Tagen diese Nachricht überbracht hatte. Patricia wusste nicht mehr, wie sie diese vernichtende Information aufgenommen hatte, ob sie gleich zusammengebrochen war oder erst später, als sie die Wahrheit nicht mehr leugnen konnte.

Patricia quälte sich vom Sofa hoch, trat in die Küche und trank ein Glas kaltes Leitungswasser. Sie vernahm das Klingeln ihres Mobiltelefons – vermutlich wieder ihre Mutter, die sich nach ihrem Befinden erkundigen wollte. Als ob sich daran in den letzten zwei Stunden etwas geändert haben könnte.

Vor zwei Tagen hatte Patricia erfahren, dass Paul Anfang Februar ein Testament aufgesetzt und ihr seine Anteile an der Firma hinterlassen hatte. Damit sollte sie in nächster Zeit keine Geldsorgen haben; nicht, dass dies von Relevanz war. Ohne Paul wirkte alles unwichtig, war in nebelige Schlieren der Bedeutungslosigkeit gehüllt.

Patricia blickte auf die Küchenuhr. In einer halben Stunde kamen – trotz Ausgangsbeschränkungen – zwei Freundinnen von der Uni vorbei und halfen ihr beim Packen. Patricia wollte die kommenden Tage bei ihren Eltern verbringen und dann entscheiden, ob sie in der Wohnung bleiben konnte, die ihr allein viel zu groß war und nunmehr zahlreiche schmerzvolle Erinnerungen barg. Vielleicht suchte sie sich auch eine kleinere Bleibe oder ging zurück in ihre alte

WG. Sofia hatte angeboten, bei der ersten Lockerung der Covid-19-Maßnahmen nach Wien zu kommen. Patricia hoffte, dass es bis dahin nicht mehr lang dauerte, immerhin nahm die Anzahl der Neuinfektionen kaum noch zu. Trotz ihrer vermehrten Kontakte zu Freunden und ihren Eltern kam sie sich vor wie eingesperrt und fühlte sich unendlich allein.

Patricia registrierte, wie einmal mehr Tränen ihre Wangen hinabliefen und der Druck in ihrer Kehle zunahm. Sie hatte Paul etwas versprochen und jetzt war er tot. Sie hatte ihm versichert, dass sie sich bald wiedersehen würden. Doch dazu war es nicht mehr gekommen.

Patricia kehrte zum Sofa zurück. Dabei fiel ihr Blick auf den Brief am Esstisch, den sie noch immer nicht gewagt hatte zu öffnen. Paul hatte das Kuvert mit *Patricia, meine Prinzessin* beschriftet, doch jedes Mal, wenn sie es aufreißen wollte, war sie zurückgewichen.

Doch heute wollte sie es tun. Sie konnte den Brief nicht mehr ignorieren. Die Schmerzen wurden nicht weniger oder erträglicher, wenn sie noch ein paar Tage wartete.

Patricias Finger zitterten, als sie das Kuvert öffnete. Es enthielt ein einzelnes Blatt Papier, datiert mit 16. März 2020. Das musste der Tag gewesen sein, an dem Paul von Wien aufgebrochen war. Der Zettel war handgeschrieben. Patricia identifizierte Pauls geschwungenen Schriftzug und seine Eigenheit, zwischen den einzelnen Wörtern kaum Abstand zu lassen. Sie begann zu lesen.

Meine geliebte Patricia!
Ich weiß, du hältst mich manchmal für übervorsichtig. Aber ich traue der Corona-Situation nicht, außerdem ist jede Autofahrt gefährlich. Also falls mir etwas zustoßen sollte, habe ich drei

Dinge, die ich dir noch sagen möchte. Erstens: Sei immer du selbst und lass dich nicht unterkriegen. Zweitens: Verwirkliche deine Träume, egal, was andere sagen! Und drittens: Ich liebe dich, Prinzessin, und werde es immer tun. Da ich leider nicht mehr auf Knien um deine Hand anhalten kann – behalte die Verlobungsringe in der roten Schachtel im Schreibtisch als Erinnerung an mich. Aber, und das ist noch viel wichtiger: Auch wenn es Zeit benötigt, lass dich auf einen neuen Menschen ein. Nichts ist trostloser, als ein einsames Leben.

In Liebe, Paul

Patricia ließ den Zettel fallen. Weinkrämpfe schüttelten sie. Sie rollte sich am Sofa zusammen, so eng, wie sie es gern in Pauls Armen getan hatte.

Warum?, dachte sie wieder und wieder und richtete ihre Frage an einen gütigen, liebenden Gott, an den sie nicht mehr glaubte. *Warum hast du mir das angetan?*

69. Deutschland, München, Maxvorstadt
Samstag, 11. April 2020, 11:00 Uhr

»Der kleine Racker schläft.« Magda trat aus dem Kinderzimmer in den Wohnbereich und ließ sich auf der Couch nieder.

Leonie lächelte und rührte in dem Topf mit dem Gemüsecurry. »Danke, dass du dich so reizend um Valerian kümmerst.«

»Das ist nur selbstverständlich. Ich habe ihn auch ganz besonders lieb.«

Magda schwieg einen Moment, kaute auf ihren Fingernägeln und blickte dabei zu Boden – irgendwie unschlüssig und betreten, wie Leonie fand. Sie fragte sich, was dieses für Magda ungewöhnliche Verhalten bedeuten mochte, als ihre Freundin erneut den Kopf hob.

»Leonie, magst du dich kurz zu mir setzen?«

»Natürlich.« Leonie nahm den Topf vom Herd, streifte ihre Kochschürze ab und marschierte ins Wohnzimmer.

Die beiden Freundinnen kuschelten sich auf die Couch und Magda strich mit ihren Fingern durch Leonies Haar. Leonie genoss die Berührung, fühlte sich gleichermaßen beschützt und geborgen; und sie mochte den Körperduft ihrer Freundin, der sie an etwas aus ihrer Kindheit erinnerte – vielleicht an Vanillepudding?

»Es ist schön, dass wir nach all dem Drama hier beisammenliegen können«, flüsterte Leonie.

Magda nickte bedächtig. »Ich glaube, eine Sache, die wir aus dieser Tragödie gelernt haben: Nichts ist wichtiger als die Familie, die emotionale Nähe und der menschliche Zusammenhalt. Dadurch können wir auch verhindern, dass die Corona-Angstmache, die soziale Erosion und entfremdende Polarisierung auf uns übergreift.«

»Das hast du schön gesagt.«

Magda zögerte und Leonie spürte, wie sich ihre Freundin versteifte. Sie wollte gerade eine entsprechende Frage stellen, als Magda fortfuhr: »Ich habe dich gern, Leonie, sehr gern sogar.«

Leonie grinste. »Ich dich doch auch, Magda, das kannst du mir glauben.«

Magda schüttelte sacht den Kopf, ein schiefes Lächeln erschien auf ihren Lippen. »Ja, aber … in meinem Fall ist es vielleicht ein wenig anders.«

Leonie hob den Kopf. »Wie meinst du das?«

Magda wich ihrem Blick aus. »Du weißt doch, dass ich immer erzähle, dass sich Tobias von mir getrennt hat, weil ich keine Kinder bekommen kann und ich nichts mehr für ihn empfunden habe. Das war nicht gelogen, nur ... Es war auch nicht die ganze Wahrheit. Zu diesem Zeitpunkt habe ich nämlich herausgefunden, dass sich meine Neigungen ... geändert haben. Mich haben Männer einfach nicht mehr interessiert. Ich fand sie kaum noch anziehend – ihr Aussehen, ihre Art, ihren Körpergeruch. Zuerst dachte ich, das ist nur eine vorübergehende Phase. Aber bald wurde mir klar, dass dem nicht so ist.«

»Du stehst auf Frauen«, stellte Leonie fest und seltsamerweise schockierte sie das kein bisschen.

»Genau.« Jetzt sah ihr Magda direkt in die Augen. »Aber eigentlich stehe ich nur auf eine Frau.«

Magda drückte ihre Lippen auf die ihrer Freundin. Leonie war im ersten Moment überrumpelt, wusste nicht, wie sie reagieren sollte. Doch dann ließ sie sich auf den Moment ein, schob all ihre Bedenken und moralischen Instanzen beiseite. Sie konzentrierte sich auf den Augenblick, auf ihre Gefühle – und diese zeigten keine Abneigung, sondern zaghafte Zustimmung, aufflammende Begierde und eine berauschende Empfindung aus Leidenschaft, die sie bislang nur mit Männern erlebt hatte. Leonie erwiderte den Kuss, drückte sich an Magda, streichelte ihren Nacken.

Als sie sich voneinander lösten, lächelten beide.

»Jetzt musst du dir nur noch überlegen, wie du es Valerian erklärst.« Auf Magdas Zügen standen jugendliche Lebensfreude und unbändige Erleichterung. Sie ergriff Leonies Hand und drückte sie sacht.

»Das wird das geringste Problem.« Leonie schmunzelte und genoss das kribbelnde Gefühl, das sich durch ihr Inne-

res zog. »Spannender wird da schon, es unseren Eltern bei-
zubringen.«

»Mir doch egal, wie die darüber denken.« Magda gab ihrer Freundin einen Kuss auf die Nasenspitze und strahlte
über das ganze Gesicht. »Hauptsache, wir drei sind zusammen.«

Leonie spürte, wie die Wärme in ihrem Inneren um sich
griff, ihren gesamten Körper erfasste und eine Woge aus
Glückseligkeit sämtliche Bedenken aus ihrem Bewusstsein
fegte. Sie schloss für einen Moment die Augen, genoss dieses
überwältigende Gefühl, das sie in den letzten Monaten viel
zu selten empfunden hatte.

»Ganz meine Meinung.« Leonie holte tief Luft und erwiderte Magdas Blick. »Das Leben ist schön – und wir werden
es mit allen Sinnen genießen.«

70. Österreich, Tirol, Landeck
Samstag, 23. Mai 2020, 08:00 Uhr

Die Sonne erhob sich über die mächtigen Fichten und Tannen des Pillerwaldes, wischte die letzten Dunstfetzen beiseite
und zauberte goldene Streifen zwischen die bemoosten
Stämme der Bäume. Kein Luftzug regte sich, im Tal hing
der Geschmack von mooriger Erde, dem anbrechenden
Sommer und unbändiger Lebensfreude. Die trotz der frühen
Stunde hohe Lufttemperatur ließ vermuten, dass der bislang
heißeste Tag des Jahres bevorstand.

Reinhard wischte sich den Schweiß von der Stirn und
ließ den Spaten sinken. Er hätte früher aufbrechen sollen.
Obwohl er seit einer halben Stunde schuftete, erschien ihm
das gegrabene Loch noch immer nicht breit und tief genug.

Prüfend versenkte Reinhard den Spaten in der Grube. Ein knapper Meter, das musste reichen.

Er wandte sich um, rammte das Schaufelblatt in den feuchten Waldboden und rieb theatralisch die Hände aneinander. »Auf geht's, mein Lieber. Es wird Zeit für dein Stelldichein mit den Würmern.«

Sein Gegenüber blieb eine Antwort schuldig. Tote sprachen bekanntlich nicht.

Reinhard rollte den Körper des Mannes über die Kante. Mit einem dumpfen Klatschen fiel dieser auf den Boden der Grube. Reinhard beäugte das Bild des still daliegenden Korpus' mit einem kritischen Blick – der Kopf des Mannes war unnatürlich zur Seite geneigt, aber das bekümmerte den Gefallenen vermutlich nicht mehr.

Reinhard schnappte sich den Spaten und schaufelte die feuchte Erde zurück in die Grube. Zwanzig Minuten später waren sämtliche Unebenheiten des Bodens ausgeglichen. Reinhard hatte bereits zuvor abgefallene Nadeln, Laub und Reisig gesammelt. Er breitete die Streu über dem nun geschlossenen Erdloch aus, bis der Untergrund optisch kaum noch von der Umgebung zu unterscheiden war. Ein, zwei Regengüsse, und niemand würde jemals auf den Gedanken kommen, dass einen Meter tiefer eine menschliche Leiche verweste.

Reinhard nickte zufrieden. Damit war auch diese Tat vollbracht. Er holte tief Luft, schulterte den Spaten und wandte sich ab. Mit Sicherheit stand ein prächtiger Sommer bevor und es wurde Zeit, sich nach Entledigung sämtlicher Altlasten – und der Lockerung dieser lästigen Covid-19-Maßnahmen – wieder auf das zu konzentrieren, was ihm am meisten Freude bereitete: die Jagd.

Reinhard lächelte, pfiff den *Jägerchor* aus Carl Maria von Webers Freischütz' und begab sich auf den Rückweg zu seinem Wagen. Der Tag war noch jung und er konnte tun und lassen, was immer er wollte.

NACHWORT

Die Ereignisse rund um die Covid-19-Pandemie haben alle von uns stark beeinflusst. Besonders betroffen war der Kultursektor mit monatelangen Ausfällen der Kunst-, Theater- und Musikszene. Dies sehe ich als eine der gravierendsten Auswirkungen der Krise, denn was ist es, das uns zu Menschen macht, wenn nicht die menschliche Kultur? Mein Werk möchte ich daher auch als Ausdruck des Unmuts zur Vernachlässigung der (zwischenmenschlichen) Kultur in Zeiten der Krise verstanden wissen.

Bei meinem Thriller handelt es sich um eine fiktive Geschichte, eingebettet in reale Begebenheiten. Dieses Werk stellt meine persönliche Aufarbeitung der jüngsten Geschehnisse dar. Weitere COVID-19-Thriller könnten folgen – potenzielles Material gibt es schließlich zu Genüge.

Mein Dank gilt wie immer meinen Testlesern, vor allem Sandra, Karin und Wendelin, die mir geholfen haben, mein Werk zu verbessern.

Ich hoffe, Sie wurden gut unterhalten. Wenn ja – schreiben Sie mir. Oder verfassen Sie eine Rezension auf den Online-Seiten von Amazon, Thalia, Weltbild oder bei einer Leserplattform wie lovelybooks.de oder buechertreff.de. Ich freue mich über jede Form des Feedbacks!

Mortimer M. Müller
Verfasst im Juni 2021

MORTIMER M. MÜLLER

Das **fiese** Glück

ROMAN

Walter ist Pessimist – und das aus gutem Grund. In seinem Leben läuft alles schief. Er hat kein Glück mit den Frauen, seine Familie will nichts von ihm wissen und in der Arbeit muss er einen albtraumhaften Chef ertragen. Zudem kämpft er mit chronischen Erkrankungen, hat hohe Schulden und wird von seinen Mitmenschen nur zu gern als Sündenbock dargestellt. Kurz: Walter ist zu Recht Pessimist.

Doch eines Tages ändert sich alles. Walter mutiert vom Pechvogel zum Glückspilz, wird von positiven Ereignissen überhäuft. Als er auch noch seiner Traumfrau begegnet, schwebt Walter auf Wolke sieben – aber das fiese Glück hat ganz eigene Pläne …

DAS FIESE GLÜCK ist ein humorvoller Unterhaltungsroman für alle, die das Wundern noch nicht verlernt haben.

Das fiese Glück
(Unterhaltungsroman)

Books on Demand | 2018
ISBN: 9783748168539

Weitere Bücher des Autors aus dem Thriller-Genre:

KABINE 14
Nominiert für den
Friedrich-Glauser-Preis 2014
Sparte Debütroman

Berenkamp Verlag | 2013

ISBN: 9783850933070

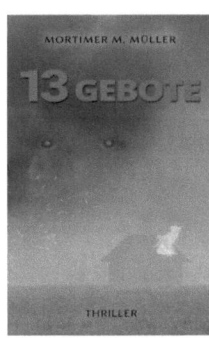

13 GEBOTE
Kann als Einzelwerk oder
Nachfolgethriller zu KABINE 14
gelesen werden

Books on Demand | 2015

ISBN: 9783734756085

EINÖDE 12 – Endzeit / Neubeginn

Nach KABINE 14 und 13 GEBOTE
das fulminante Finale der
Zahlenthriller-Reihe

Books on Demand | 2017

ISBN (Endzeit): 9783744834582
ISBN (Neubeginn): 9783746032207

Ausführliche Informationen zu den Büchern und kreativen
Tätigkeiten des Autors finden Sie in seinem Blog:
https://blog.mortimer-mueller.at